Raimund Eich

NORA HORST
Der Chamäleon-Effekt

AF140031

Raimund Eich lebt im Saarland.

Neben Büchern über seine Heimatstadt Neunkirchen, Tatsachenromanen, heiteren und besinnlichen Gedichten und Geschichten hat er einige Werke mit gesellschaftlichen und geisteswissenschaftlichen Themen veröffentlicht. Gerne lässt er auch naturwissenschaftliche und technische Aspekte in sehr anschaulicher Form mit einfließen. Daraus resultieren einzigartige Bücher, spannend, dramatisch, informativ und unterhaltsam zugleich.

Raimund Eich

NORA HORST
Der Chamäleon-Effekt

ein Cold Case-Krimi
Band 2

Impressum:

Bibliografische Information der Deutschen Nationalbibliothek:
Die Deutsche Nationalbibliothek verzeichnet diese
Publikation in der Deutschen Nationalbibliografie;
detaillierte bibliografische Daten sind im Internet über
http://dnb.dnb.de abrufbar.

Herstellung und Verlag: BoD – Books on Demand,
Norderstedt

ISBN: 9 783 734 722 929

Inhaltsverzeichnis

Die wichtigsten Personen in dieser Geschichte

Nora Horst, Oberkommissarin beim Landeskriminalamt des Saarlandes im Dezernat LPP 299

Björn Horst, ihr verstorbener Ehemann

Holger und Andrea, ihre Schwägerin und Björns Neffe

Sven Beckmann, Leiter des Dezernats LPP 299 beim LKA Saarbrücken

Lena Wolter und Anna Bernhard, Zwillingsschwestern

Norbert Reinermann, Vorsitzender des Boxclubs 1921 Neunkirchen

Jo Frisch, ehemaliger Gymnasiallehrer aus Trier und Pressesprecher von Borussia Neunkirchen

Stefan Kraft, Vorsitzender des TV 1895 Edigheim

Vorwort

Bei einem fiktiven Kriminalroman mit regionalem Bezug orientiert man sich als Autor zwar weitgehend an der Realität, nimmt sich aber die Freiheit, Orte und Namen auch so zu wählen, dass sie sich nahtlos in die Rahmenhandlung einfügen, ohne Namens- und Persönlichkeitsrechte Dritter zu verletzen. Dies gilt auch für diesen Kriminalroman, bei dem Namen und Handlungsorte zum Teil frei erfunden sind und somit Ähnlichkeiten mit noch lebenden oder toten Personen rein zufällig und unbeabsichtigt wären. Umso mehr danke ich denen, die mir ausdrücklich gestattet haben, sie mit ihrem richtigen Namen in diese Geschichte einzubinden. Hierzu gehören Norbert Reinermann, Jo Frisch sowie Stefan Kraft und seine Frau Rebecca. Vorsorglich sei noch erwähnt, dass Stefan Kraft im wahren Leben kein Polizist ist.

Auch die kleine Einheit LPP 299 - Sonderermittlungen des Landespolizeipräsidiums des Saarlandes und des Landeskriminalamtes (LKA) ist meiner Fantasie entsprungen, ebenso wie die Oberkommissarin Nora Horst aus Neunkirchen als zentrale Figur in diesem Roman.

Der Neunkircher Oberkommissarin wurde nach einem schweren Autounfall, bei dem ihr Mann Björn ums Leben kam, aufgrund unfallbedingter körperlicher Einschränkungen eine neue Aufgabe in einer kleinen Einheit zur Ermittlung in Cold Case Fällen zugewiesen. Dieser Tätigkeit kann sie von ihrer Heimatstadt Neunkirchen aus nachgehen.

In ihrem ersten Fall *(NORA HORST – Ohne die geringste Spur)* war es ihr gelungen, das mysteriöse Verschwinden von fünf Personen vor drei Jahrzehnten erfolgreich zu lösen. Im vorliegenden Fall geht es um eine vergrabene Frauenleiche, die beim Abriss einer Gartenlaube in Wiebelskirchen entdeckt worden war *(siehe „Ohne die geringste Spur", Kapitel „Zusätzliche Aufgabe").*

Ich wünsche Ihnen dazu eine spannende Lektüre.

Raimund Eich

Leichenfund

Ich saß noch am Frühstückstisch mit den drei Stubentigern, Nicky auf meinem Schoß, Rocky neben neben mir und Henry, wie immer provokativ mitten auf dem Tisch, als das Telefon klingelte. Björn hatte die drei Katzen, wie übrigens alle seine Tiere, jahrelang hoffnungslos verwöhnt, sodass ich es mittlerweile aufgegeben hatte, ihnen noch etwas Ordnung beibringen zu wollen. Sie ignorierten ohnehin alle diesbezüglichen Bemühungen. Von Henry gab´s zuweilen sogar ein paar Pfotenhiebe, wenn ich ihm zu sehr auf den Geist ging. Zum Glück hatte er wenigstens die Krallen dabei eingefahren. Nicky und Rocky liebten Scheibenkäse und Henry musste ich jeden Morgen ein Stück Butterbrot in kleine Häppchen schneiden. Früher hatte ich mich deswegen immer über Björn lustig gemacht und an ihm herumgenörgelt, aber seit seinem Tod hatte ich ein ganz anderes Verhältnis zu diesen Tieren entwickelt. Björn hatte sich selbst als ihr Papa bezeichnet. Nach seinem Tod war ich an seine Stelle gerückt, als ihre Mama sozusagen. Wenigstens ließen mir Agathe, die Graugans, die er als kleines Küken großgezogen hatte, und die Hühnerschar draußen im Garten noch ihre Ruhe.

Sven Beckmann, der Chef unserer Sondereinheit LPP 299 beim LKA Saarbrücken, war am Apparat. „Guten Morgen, Frau Horst. Ich würde gerne morgen Vormittag gegen zehn Uhr bei Ihnen vorbeikommen. Ich bringe Ihnen den Untersuchungsbericht zur verscharrten Frauenleiche in der Gartenlaube in Wiebelskirchen mit und möchte mir den Fundort mit Ihnen zusammen gerne selbst einmal anschauen."

„Kein Problem, Herr Beckmann, ich wollte ohnehin schon bei Herrn Weber von der Spurensicherung nachfragen, ob es etwas Neues zu vermelden gibt."

„Ja, das gibt es, aber wir reden morgen in aller Ruhe darüber. Ich muss jetzt Schluss machen, denn eine furchtbar wichtige Besprechung über verwaltungsökonomisches Arbeiten wartet auf mich."

„Glückwunsch. Man spürt förmlich, wie sehr Sie sich darauf freuen, Herr Beckmann", erwiderte ich.

Er stöhnte kurz auf. „Ich liebe Ihren eigenwilligen Humor, Frau Horst. Wir sehen uns also morgen." Dann legte er auf.

„Sorry, es ist doch etwas später geworden", sagte er, als er tags darauf gegen halb Elf vor der Haustür stand. „Der Alte hat mich noch aufgehalten. Er ist ganz begeistert, dass Sie den Fall mit den fünf Vermissten aufklären konnten und will Sie deswegen auch noch persönlich beglückwünschen." Mit dem Alten meinte er Dr. Hansberg, den stellvertretenden Polizeipräsidenten.

„Kein Grund, ich habe nur meine Arbeit getan, weiter nichts", erwiderte ich.

Er zuckte mit den Schultern. „Sie wissen ja, dass ihm die Cold Case Fälle besonders am Herzen liegen. Und seit Neuestem natürlich auch die Oberkommissarin Nora Horst. Freuen Sie sich doch einfach darüber."

„Mache ich doch", brummte ich verlegen, was er mit einem breiten Grinsen quittierte. „Ich habe übrigens gestern noch Frau Scholler angerufen und ihr Bescheid gesagt, dass wir heute bei ihr vorbeikommen. Holger Mang und Timo Klein werden auch dazu kommen. Das sind die beiden, die die Leiche gefunden haben."

„Respekt, Frau Horst, Sie denken wenigstens mit, was durchaus nicht die Regel in unserer kleinen Einheit ist."

Ich überhörte geflissentlich seine Anspielung auf meine beiden Kollegen. „Danke, dafür werde ich ja schließlich auch mehr schlecht als recht bezahlt", kam mir spontan über die Lippen, was er lauthals lachend quittierte.

„Na dann mal los, Frau Oberkommissarin."

Frau Scholler war völlig aufgelöst, als wir bei ihr in Wiebelskirchen vor der Tür standen. „Mein Gott, das ist ja alles so schrecklich. Eine Leiche im Garten und die Polizei im Haus. Die Nachbarn zerreißen sich schon seit Tagen den Mund darüber. Ich kann doch nichts dafür und der Hartmut wird sich deswegen bestimmt im Grab herumdrehen."

„Keine Sorge, Frau Scholler", erwiderte mein Chef. „Wir haben nur noch ein paar Fragen und können dann die Ermittlungen bei Ihnen endgültig abschließen. Auch die Fundstelle in Ihrem Garten können wir heute wieder freigeben."

„Das wäre wirklich prima, denn ich sehe immer wieder fremde Leute, die in der Straße unten vor dem Zaun stehen und in den Garten starren. Dabei gibt es dort doch überhaupt nichts mehr zu sehen außer dem aufgewühlten Erdreich hinter dem Absperrband. Aber kommen Sie doch bitte herein." Frau Scholler führte uns durch einen schmalen Flur ins Wohnzimmer, das mit rustikalen Möbeln aus den Achtziger Jahren und einer abgenutzten Ledercouchgarnitur den eigenwilligen Charme längst vergangener Zeiten widerspiegelte. Weißer Rauputz an den Wänden, die mit zahlreichen Fotos aus dem Bereich des Boxsports geschmückt waren, zum Teil noch in schwarz-weiß. „Auf den meisten Fotos ist mein Mann noch zu sehen, zum Beispiel auf dem hier. Da war er selbst noch als Boxer aktiv. So habe ich ihn in den Sechziger Jahren kennen gelernt. Ich konnte dem Boxen eigentlich nie etwas abgewinnen, aber für ihn waren Boxsport und Verein seine große Leidenschaft, bis zu seinem Tod. Aber nehmen Sie doch bitte Platz. Möchten Sie etwas trinken?"

„Nein danke, machen Sie sich bitte keine Mühe, wir haben auch nicht sonderlich viel Zeit", erwiderte ich, weil ich gleich merkte, dass Sie uns wohl kaum weiterhelfen könnte. „Kannten Sie die Lena Wolter? So hieß die Frau, die hier gefunden wurde", schob ich nach.

Sie schüttelte den Kopf. „Nein, aber der Hartmut hat sie natürlich alle gut gekannt. Die vom Verein haben früher öfter mal in der Gartenlaube unten gefeiert. Der Hartmut war lange Zeit immer dabei, bis er sich nicht mehr richtig bewegen konnte und im Rollstuhl gelandet ist. Aber er hat darauf bestanden, dass sie auch weiterhin hierher kommen. *Ein Verein braucht einfach so einen Ort, wo man die Geselligkeit pflegt, auch wenn ich selbst nicht mehr dabei sein kann*, hat er immer gesagt. Und dann passiert so etwas Schreckliches."

„Können Sie sich vielleicht erklären, was zum Tatzeitpunkt in der Gartenlaube passiert ist oder wer die Frau dort im Boden verscharrt haben könnte? Ich meine, haben Sie vielleicht irgendwann mal Schreie gehört oder sonst etwas Ungewöhnliches gesehen?", fragte mein Chef.

Wieder schüttelte sie den Kopf. „Nein, und ich weiß ja auch gar nicht, wann das passiert sein soll."

„Das wissen wir leider auch nicht so ganz genau, Frau Scholler, aber es muss etwa im Jahr 2007 oder 2008 gewesen sein. Das lässt sich jedenfalls aus den Untersuchungen und den Unterlagen schließen, die wir bei der Toten gefunden haben."

„Sind Sie mir bitte nicht böse, aber ich kann Ihnen da wirklich nicht weiterhelfen."

„Kein Problem, Frau Scholler. Wir gehen jetzt noch einmal in den Garten hinunter, denn wir haben die beiden Herren, die die Leiche gefunden haben, heute ebenfalls zur Befragung hierher bestellt", erwiderte ich, bevor wir uns von der alten Dame verabschiedeten.

Holger Mang und Timo Klein saßen bereits unten im Garten auf einer Bank und warteten auf uns. Sie schilderten noch einmal, wie sie die Leiche entdeckt hatten.

„Hier stand mal die Gartenlaube, die der alte Scholler vor ein paar Jahrzehnten selbst zusammengezimmert hatte", erklärte Herr Mang und deutete auf den abtrassierten Bereich. „Ein alter Holzschuppen, der schon ziemlich morsch und verfault war. Timo und ich wollten stattdessen hier ein schönes gemauertes Gartenhäuschen bauen und waren dabei, hierfür ein Fundament auszuheben. Dabei sind wir auf einen relativ großen Leinensack gestoßen und haben uns schon darüber gefreut, vielleicht irgendetwas Wertvolles entdeckt zu haben. Doch als wir den Sack öffneten, lag ein völlig skelletierter Körper drin, dessen Knochen nur noch von vermoderten Kleidungsstücken zusammengehalten wurden. Uns beide hat bei diesem gruseligen Anblicke fast der Schlag getroffen. Mehr können wir Ihnen leider nicht dazu sagen."

„Und wie Sie bereits zu Protokoll gegeben hatten, wissen Sie auch nicht, wer die Leiche war oder wann und wie sie hierher gekommen ist", fragte ich vorsorglich noch einmal.

Die beiden schüttelten den Kopf „Nein, wir haben wirklich nicht die geringste Ahnung", schob Herr Klein nach.

„Danke, das war´s von unserer Seite. Wir wollen Sie auch nicht länger aufhalten", beendete mein Chef die Befragung.

„Da haben Sie mir ja mal wieder eine verdammt harte Nuss zum Knacken gegeben, Herr Beckmann. Ich weiß überhaupt nicht, wo ich eigentlich anfangen soll", sagte ich, als wir wieder im Auto saßen und nach Neunkirchen zurückfuhren.

Er grinste. „Zugegeben, aber ich bin sehr zuversichtlich, dass Sie auch in diesem Fall den Nussknacker geben werden."

„Ihr Wort in Gottes Ohr."

„Na ja, wir haben immerhin einen gut erhaltenen Personalausweis und einen zumindest noch halbwegs lesbaren kleinen Adresskalender. Nur gut, dass sich diese Papiere im Erdreich so lange gehalten haben. Finden Sie nicht?"

„Das ist wohl wahr, aber genau das gibt mir ein Rätsel auf."

Er sah mich fragend von der Seite an. „Und wieso?"

„Na ja, beim laminierten Personalausweis alleine könnte ich es ja noch halbwegs verstehen, aber beim Adressbuch …"

„Zum Glück steckten die Unterlagen ja in einem verschlossenen Mäppchen in der Handtasche der Toten. Und die lag zudem in einem Sack innerhalb der Gartenlaube, sodass auch das Erdreich relativ trocken war. Insofern also durchaus nachvollziehbar, Frau Horst."

Ich nickte. „Was auch immer damals passiert ist, ein Raubmord scheint es jedenfalls nicht gewesen zu sein. In dem Beutel befanden sich nämlich auch einige Geldscheine und Münzen. In Summe immerhin fast hundert Euro. Sei´s drum, ich schaue mir später mal die Fotos in der Ermittlungsakte an. Ich gehe davon aus, dass darin jedes gefundene Beweisstück bis ins Detail erfasst und abgelichtet worden ist. Also auch das Adressbuch, hoffentlich Seite für Seite. Als Erstes werde ich mich aber mal mit dem Boxclub Neunkirchen in Verbindung setzen. Der Mitgliedsausweis der Toten ist zum Glück ja auch noch ganz gut erhalten."

Beckmann nickte. „Käme eventuell eine Vergewaltigung mit Todesfolge in Frage? Was meinen Sie?"

„Nicht ganz auszuschließen, aber wer eine Frau vergewaltigt, der zieht ihr wohl kaum hinterher noch mal die Kleider an, oder?

„Sie haben recht, das wäre wirklich ungewöhnlich. Eigentlich wollte ich ja noch mit zu Ihnen reinkommen und mich etwas ausführlicher über diesen Fall zu unterhalten, aber ich muss leider gleich wieder ins LKA zurück. Halten Sie mich bitte telefonisch auf dem Laufenden", sagte er, als er mich vor meinem Haus in der Heizengasse absetzte.

„Mache ich, und grüßen Sie bitte die Kollegen von mir."

Agathes Trauer

Ich ging zuerst in den Garten, um nach den Tieren zu sehen. Die Katzen strichen mir gleich miauend um die Beine und auch auf die Hühner musste ich nicht lange warten. Lauthals gackernd kamen sie mir vom Hühnerstall her entgegengerannt. Doch wo war Agathe? Sonst war sie eigentlich immer allen voran. Ich suchte sie überall im Garten, aber sie schien wie vom Erdboden verschluckt zu sein. Ob sie wohl ausgebüxt war? Doch das konnte ich mir einfach nicht vorstellen. Schließlich entdeckte ich sie in einem kleinen Abstellraum im Keller, der tagsüber immer offen stand. Sehnsüchtig schien sie Björns Fahrrad anzuschauen, das seit seinem Tod dort ungenutzt irgendwo an der Wand lehnte. Björn hatte am Lenker einen Einkaufskorb aus Metall montiert und mittels Scharnieren einen Gitterdeckel zum Verschließen von oben daran befestigt. Die Eigenkonstruktion diente dem sicheren Transport von Agathe, wenn er mit ihr gelegentlich zum

Kasbruchweiher fuhr, damit sie dort ein paar Runden im Wasser drehen konnte, worauf sich Agathe immer überschwänglich gefreut hatte. Doch seit Björns Tod musste sie darauf verzichten, weil ich unfallbedingt zum Radfahren nicht mehr in der Lage war. Doch Agathes trauriger Blick tat mir in der Seele weh. Ich ging zu ihr, streichelte sie und versuchte sie zu trösten. „Wir fragen nachher mal den Holger, ob er mit dir eine Radtour zum Weiher machen kann. Er kommt heute Nachmittag und hilft mir, den Hühnerstall auszumisten." Holger glich seinem Onkel Björn sehr und erinnerte mich auch durch seine ruhige Art an meinen verstorbenen Mann, über dessen tragischen Verlust ich noch immer nicht hinwegkam. Holger studierte an der Hochschule für Technik und Wirtschaft in Saarbrücken Elektrotechnik. Ich unterstützte ihn finanziell ein bisschen. Als Gegenleistung übernahm er dafür einen Teil der Aufgaben in Haus und Garten, die Björn früher wahrgenommen hatte. Beim Säubern des Hühnerstalls nachmittags sprach ich ihn auf einen Fahrradausflug mit Agathe an.

„Ich kann es ja mal probieren, aber Agathe war ganz auf Onkel Björn fixiert und hat auch auf ihn gehört, fast wie ein Hund. Sie kennt mich zwar und mag mich auch, aber ich fürchte halt, dass es beim Wiedereinfangen Probleme mit ihr geben könnte."

„Das glaube ich nicht, Holger. Sie ist mittlerweile auch an uns beide sehr gewöhnt. Versuchs doch einfach mal, denn ihr trauriger Anblick ist für mich nur schwer zu ertragen."

„Na gut", seufzte er, „wir sind ja gleich fertig hier. Danach schwinge ich mich mal mit ihr aufs Rad." Eine Dreiviertel Stunde später war er allerdings schon wieder zurück.

„Das war aber nicht lange, Holger. Wollte Agathe denn schon wieder zurück?"

Er schüttelte den Kopf. „Ich bin gar nicht dazu gekommen, sie in den Weiher zu lassen. Als wir hinkamen, waren ein paar Leute mit ihren Hunden dort. Das war mir dann doch zu gefährlich, zumal sie auch gleich auf uns zu rannten und Agathe anbellten, die darauf völlig verängstigt reagiert hat. Ich möchte das auch auf keinen Fall noch einmal riskieren."

„Jammerschade, aber sie stattdessen in einer Badewanne plantschen zu lassen, wäre auch keine Lösung."

„Ich hätte da vielleicht eine Idee, Tante Nora", erwiderte Holger.

„Du sollst mich doch nicht immer Tante nennen. Das habe ich dir schon hundertmal gesagt. Du bist doch ein erwachsener Mann. Außerdem bist du der Neffe meines Mannes und ich folglich auch nicht deine richtige Tante. Zudem, Tante, das klingt irgendwie altmodisch, finde ich jedenfalls."

Holger grinste, weil er genau wusste, dass ich so darauf reagieren würde. „Na gut, dann nenne ich dich ab sofort halt nur noch Tantchen."

„Untersteh´ dich. Sag mir lieber mal, was du für eine Idee hast, um Agathes sehnlichsten Wunsch zu erfüllen."

„Wie wäre es denn, wenn wir im Garten einen kleinen Schwimmteich für sie anlegen würden? Dann könnte sie hier im Garten jederzeit nach Lust und Laune ins Wasser gehen und wenigstens ein paar Meter schwimmen."

„Hmmh, der Garten ist zwar groß genug dafür und es wäre bestimmt auch ganz schön, auf einer Bank am Teich sitzen und Agathe zuschauen zu können. Aber wäre das nicht viel zu aufwändig und teuer? Ich meine, wer sollte das denn machen?"

„Na ich, Tantchen. Wir mieten uns für den Aushub einfach einen kleinen Bagger. Damit wäre die gröbste Arbeit im Nu erledigt."

„Und wohin mit dem ganzen Aushub? Ein paar Kubikmeter kämen doch ganz bestimmt zusammen."

„Klar, aber wie du selbst richtig gesagt hast, ist der Garten groß genug. Den Aushub verteilen wir hier einfach. Wir könnten ihn auch für ein Hügelbeet oder als Kletterhügel für die Hühner und Katzen verwenden. Und die Teichgrube legen wir mit Teichfolie aus. Vielleicht lege ich auch noch einen kleinen Wasserlauf an. Mir würde das jedenfalls Spaß machen. Ich kann ja auch nicht ewig über meinen Büchern sitzen und fürs Studium büffeln. Nächste Woche beginnen die Semesterferien. Nun sag schon ja dazu."

„Also gut, Holger, aber ich kann dir dabei wenig helfen."

„Das kriege ich auch ohne dich hin. Ich schau später gleich mal im Internet nach, was die Baggermiete und die Teichfolie kosten würden."

„Na dann. Ich muss mich aber jetzt ein bisschen um die Wäsche und den Haushalt kümmern. Die machen sich nämlich nicht von alleine."

„In Ordnung. Und wenn ich mit dem Studium fertig bin, baue ich dir einen Roboter, der dir die Hausarbeit erledigt."

„Du kannst ganz sicher sein, dass ich dich deswegen zu gegebener Zeit beim Wort nehmen werde, lieber Holger", erwiderte ich lachend und ging ins Haus zurück.

Ring frei

Ich hatte von einer Bekannten in Erfahrung gebracht, dass die Neunkircher Boxer immer dienstags und donnerstags abends in der TUS Halle 1 trainierten. Als ich die Halle am nächsten Abend nach vielen Jahren zum ersten Mal wieder betrat, war ich angenehm überrascht. Ich hatte noch immer den mit Holzparkett ausgelegten alten Hallenboden in Erinnerung, den wir im Sportunterricht mit Straßenschuhen nicht betreten durften. Ansonsten wäre der Hausmeister damals völlig ausgerastet. Jetzt schmückte dagegen ein blitzsauberer blauer Bodenbelag die Halle, in der eine relativ große Schar von Kindern, Jugendlichen und Erwachsenen unter Anleitung eines Übungsleiters trainierte. Beim Zuschauen kamen spontan Erinnerungen in mir hoch. Ich sah mich als Schülerin hier in der Halle noch Handball spielen und zwischendurch auf der kalten Sitzbank entlang der Seitenlinie sitzen, die damals mit einem hässlich grünen Belag verkleidet war. Auch der war zwischenzeitlich ersetzt worden. Ich war in jungen Jahren eine ganz passable Sportlerin, die sich nicht zuletzt auch aus diesem Grund nach der Fachhochschulreife für eine Laufbahn bei der Polizei entschieden hatte. Früher wurden hier in der Halle an Fastnacht auch Kappensitzungen und Maskenbälle gefeiert, bei denen immer eine tolle Stimmung herrschte. Der fragende Blick des Übungsleiters riss mich spontan aus meiner Gedankenreise in die Vergangenheit. Ich erkundigte mich bei ihm nach dem Vereinvorsitzenden Norbert Reinermann.

Er deutete nur kurz hinter sich. „Dort hinten die Treppe hoch und dann links", sagte er und widmete sich gleich wieder seinen Schützlingen.

Die frühere Hallenbühne war vom tiefer liegenden Spielfeld optisch abgetrennt und zu einem separaten Geräte- und Trainingsraum umfunktioniert worden, voll gepackt mit typischen Utensilien und Trainingsgeräten für Boxer, die scheinbar wahllos auf irgendwelchen Regalen und in einer Ecke gestapelt auf dem Boden lagen und auf ihren Einsatz zu warten schienen. Auch weiße Stehtische und blaue Campingstühle standen überall herum. Den meisten Platz beanspruchte ein Boxring, in dem gerade zwei junge Männer einen Sparringskampf absolvierten, immer wieder unterbrochen von Zurufen ihres Trainers, der außerhalb des Rings stand und mich überhaupt nicht wahrzunehmen schien. „Deckung hoch! ... Viel näher ran! … Schulter nach vorne! … Groß bleiben! … Schulter bewegen!", hallten seine Anweisungen durch den Raum. An der Wand hinter dem Boxring hingen Plakate von Boxveranstaltungen in der Region. Davor ein Tisch, auf dem sich Getränkekästen stapelten. Den Tisch links daneben zierten Siegespokale und Trophäen.

Irgendwann wurde mir die Zeit zu lang und ich zupfte den Trainer am Bein. „Sind Sie Herr Reinermann, der Vereinsvorsitzende?", fragte ich.

Er nickte kurz und erwiderte: „Und wer will das wissen?"

Ich zückte meinen Dienstausweis. „Nora Horst vom Landeskriminalamt. Kann ich Sie mal für ein paar Minuten sprechen?"

„Einen Moment bitte", sagte er zu mir und „Pause, Jungs!" zu den beiden Boxern. Einer von ihnen grinste ihn beim Hinausgehen an und sagte: „Ich hab´s geahnt, dass sie dich irgendwann erwischen würden, Norbert."

„Hau bloß ab, sonst gibt's was hinter die Löffel", erwiderte er lachend und zu mir gewandt: „Was kann ich denn für Sie tun?"

„Ich bin wegen eines Ermittlungsfalls hier, aber gestatten Sie mir vorab bitte eine Frage an den Fachmann?"

„Na klar, schießen Sie los."

„Warum heißt dieses große quadratische Ding da eigentlich Boxring, wenn es doch alles andere als rund ist?"

Er lachte trocken. „Gute Frage. Der Boxring in seiner heutigen Form wurde etwa Ende der Dreißiger Jahre des 19. Jahrhunderts eingeführt, doch der Boxsport ist fast 200 Jahre älter. Und in seinen Anfängen standen die Zuschauer tatsächlich in einem Kreis um die Kämpfer herum. Aus dem ursprünglichen Boxring ist zwar eine quadratische Kampffläche geworden, doch der Name Boxring ist geblieben. Wir sind übrigens einer der ältesten Boxsportvereine im Saarland und können auch einige beachtliche Erfolge vorweisen. Der Trainer dort unten in der Halle zum Beispiel heißt Dirk Müller und war in jungen Jahren mehrfacher Saarland- und Südwestmeister."

„Und Sie?"

„Ich? Na ja, auch nicht sooo übel."

Er zog das Wort derart in die Länge, dass ich einfach nachfragen musste. „Und was heißt das konkret?"

„Na ja, ein paar Titel als Saarlandmeister, mal ein Dritter Platz bei Deutschen Meisterschaften und zwei Jahre für Speyer in der Oberliga Süd geboxt."

„Alle Achtung, doch ich muss Ihnen jetzt ein paar Fragen in einem Ermittlungsfall stellen. In Wiebelskirchen ist eine im Boden verscharrte Frauenleiche entdeckt worden. Nach unseren bisherigen Ermittlungen hieß sie Wolter mit Nachnamen. Kannten Sie die Frau vielleicht?"

Er schüttelte den Kopf. „Sagt mir im Moment nichts."

„Sie soll früher auch in Ihrem Boxclub trainiert haben."

„Ach die, ich glaube, ich weiß jetzt, wen Sie meinen. Es kann sich eigentlich nur um Broken Heart handeln, die vor vielen Jahren sang- und klanglos von hier verschwunden ist."

Ich sah ihn fragend an. „Broken Heart? Wen meinen Sie denn damit?"

„Na wen wohl? Die Lena hatte ein kleines Tattoo an der linken Schulter mit einem gebrochenen Herzen als Motiv. Und deshalb haben wir sie hier im Training nur Broken Heart genannt. War vom Tattoo denn noch etwas zu erkennen?"

Ich schüttelte den Kopf. „Nein, die Leiche war ja schon längst verwest. Nur ihre Knochen steckten noch in Kleidern, soweit diese nicht verrottet waren. Können Sie mir sonst noch etwas von ihr erzählen? Wie haben Sie sie denn eigentlich kennen gelernt?"

Er überlegte kurz. „Sie stand eines Tages während des Trainings mit einem geschwollenen Gesicht vor unserer Tür. Sie war damals im Rotlichtmilieu unterwegs und vermutlich von einem Zuhälter oder einem Freier verprügelt worden. Doch Näheres dazu wollte sie mir nicht verraten. Nur so viel: *So etwas soll mir nie wieder passieren. Ich will mich künftig selbst vor derartigen Angriffen schützen können und möchte deshalb Boxen lernen*, hatte sie mir erklärt.

„Sie war also eine Prostituierte?"

Er schüttelte den Kopf. „Begriffe wie Prostituierte oder Nutte würden nicht wirklich auf sie zutreffen, denn sie war eine sehr sensible und im Grunde genommen liebe und seriöse junge Frau, die durch Verkettung unglücklicher Umstände auf die schiefe Bahn geraten war."

„Das müssen Sie mir aber noch etwas näher erklären, Herr Reinermann."

„Gerne, aber nicht jetzt und nicht hier, denn die Jungs, die heute hier trainieren, sind alle entweder in der Schule oder berufstätig und freuen sich immer darauf, sich wenigstens zweimal in der Woche hier ein bisschen austoben zu können. In etwa zwanzig Minuten ist ohnehin Trainingsschluss. Wir können uns dann gerne in der Gaststätte nebenan noch weiter unterhalten, aber jetzt muss ich mich wirklich noch ein bisschen um den Laden hier kümmern. Einverstanden?"

„Einverstanden", erwiderte ich, obwohl ich eigentlich hundemüde war und überhaupt keine Lust mehr dazu verspürte. „Ich gehe dann schon mal vor."

„Alles klar, bis gleich." Eine knappe halbe Stunde später saß er mir in der Gaststätte gegenüber und begann zu erzählen. „Broken Heart war damals nicht nur körperlich, sondern auch seelisch völlig niedergeschlagen. Ich hatte mich daher ein bisschen um sie gekümmert. Irgendwann hat sie mir ihre Lebensgeschichte erzählt. Ihre Eltern sind bei einem Autounfall ums Leben gekommen, als sie etwa drei Jahre alt war. Da offenbar niemand aus der Verwandtschaft sie und ihre Schwester bei sich aufnehmen wollte oder konnte, wurden die beiden vom Jugendamt zunächst zusammen in eine Pflegefamilie vermittelt.

Dort waren sie für knapp zwei Jahre auch ganz gut aufgehoben, bis die Ehe der Pflegeeltern zerbrach und das Jugendamt erneut einen Elternersatz für sie suchen musste. Doch diesmal fand sich leider niemand, der gleich zwei kleine Kinder bei sich aufnehmen wollte, und so wurden die beiden getrennt und an unterschiedliche Pflegeeltern vermittelt."

„Mein Gott, das ist ja echt tragisch. Wie alt war denn Lenas Schwester damals?"

„Genau so alt wie sie, die zwei waren nämlich Zwillinge. Sie heißt Anna, wenn ich mich recht erinnere. Die bis dahin unzertrennlichen Zwillingsschwestern Anna und Lena verloren sich zwangsläufig bald ganz aus den Augen, als Annas Pflegeeltern, ein wohlhabendes Ärztepaar, Richtung Ludwigshafen umzogen. Doch davon wusste Lena natürlich nichts. Während Anna es offenbar sehr gut getroffen hatte, landete Lena bei einem kinderlosen Ehepaar, das irgendwo eine schmuddelige Gaststätte betrieb. Diese Leute hatten es wohl nur auf das Pflegegeld abgesehen und benutzen Lena schon im Kindesalter als kostenlose Hilfe in ihrer Kneipe. Sie hat weder eine liebevolle und kindgerechte Erziehung noch eine gescheite Schulausbildung erfahren. Irgendwann ist sie dann von zu Hause abgehauen. Falsche Freunde, chronischer Geldmangel und Drogen haben sie schließlich ganz auf die Straße und letztlich auch auf den Strich gebracht. Die Sehnsucht nach ihrer Zwillingsschwester war aber immer so groß, dass Lena sich irgendwann ein gebrochenes Herz hat tätowieren lassen." Abrupt brach er ab und starrte für einige Sekunden ins Leere. „Sie hat mir wirklich sehr leid getan und ich habe mich deswegen auch um sie gekümmert, ihr eine Stelle als Hilfsarbeiterin in der Firma eines Bekannten und eine kleine Wohnung in der Wellesweiler Straße vermittelt. Sie schien sich tatsächlich wieder etwas zu fangen, aber sie litt noch immer sehr unter der Trennung von ihrer Zwillingsschwester, zumal sie nicht wusste, ob sie die jemals wieder finden könnte. Aber auch das ist uns gelungen."

„Und wie haben Sie das hinbekommen?"

„Na ja, übers Internet halt. Es gibt dort Suchportale, wo man seinen Doppelgänger schnell und leicht finden kann. Wissen Sie eigentlich, dass jeder Mensch nicht nur einen, sondern gleich ein paar Doppelgänger irgendwo auf diesem Planeten hat? Ich weiß leider nicht mehr, wie das Portal hieß, irgendwas mit TWIN glaube ich. Jedenfalls musste Lena dort nur ihr Passfoto hochladen und die Suchmaschine hat dann automatisch nach Vergleichspersonen gesucht. In kürzester Zeit hatten wir auch einen Treffer mit einer erstaunlich großen Übereinstimmung in den Gesichtszügen, wenn auch die Frisur der Gefundenen eine etwas andere war. Jedenfalls haben die beiden Kontakt miteinander aufgenommen. Die Andere hieß tatsächlich mit Vornamen Anna. Lena war ganz aus dem Häuschen und hat sich gleich mit ihr an ihrem Wohnort in Oppau getroffen. Oppau bei Ludwigshafen, meine ich. Anna wurde damals schon bald adoptiert und lebte nach dem frühen Tod ihrer Adoptiveltern ganz alleine in einem repräsentativen Anwesen. Sie hatte zudem wohl auch sonst noch einiges an Vermögen geerbt. An Geld schien es ihr jedenfalls nicht zu mangeln. Obwohl beide auch von ihren gemeinsamen Erinnerungen aus der Kindheit her fest davon überzeugt waren, sich endlich wieder gefunden zu haben, ließen sie sicherheitshalber auch einen DNA-Test machen, der ihre Erwartungen endgültig bestätigte. Seitdem war Lena wie ausgewechselt. Sie nutzte jede Gelegenheit, sich mit ihrer Schwester zu treffen, meistens in Oppau, aber gelegentlich auch hier in Neunkirchen. Die beiden haben sich buchstäblich bis aufs Haar geglichen und sich einen Spaß daraus gemacht, gelegentlich die Rollen zu tauschen. Das hat einerseits zwar zu lustigen, aber manchmal auch zu peinlichen Verwechslungen geführt."

„Konnten Sie die beiden denn auseinanderhalten?"

Er nickte grinsend.

„Und wie?"

„Warten Sie, ich zeige es Ihnen. Ich habe auf meinem Smartphone noch ein paar alte Fotos, die ich erst vor kurzem bei einem Vereinskameraden entdeckt und gleich abfotografiert habe. Ich denke, sie sind recht gut geworden", sagte er und scrollte dabei durch seine Fotosammlung. „Hier sind sie."

Er zeigte mir ein Bild, auf dem die beiden Frauen im knappen Bikini nebeneinander auf einer Wiese saßen. „Wo war das denn, und wann etwa?"

„Noch im alten Kasbruchbad. Wir sind nach dem Training öfter mal mit ein paar Leuten dorthin gefahren. Es war ein heißer Sommertag damals. Ich glaube, es war nur ein paar Tage vor Lenas Verschwinden. Ihre Schwester hatte zu der Zeit ihren Urlaub hier verbracht."

Ich sah mir das Foto an, konnte aber beim besten Willen keine wesentlichen Unterschiede zwischen den Frauen erkennen. „Tut mir leid, aber Sie müssen mir schon auf die Sprünge helfen, Herr Reinermann", sagte ich und gab ihm das Smartphone zurück.

Er schüttelte lachend den Kopf. „Sie sind doch Ermittlerin bei der Kripo, dann könnten sie ja jetzt auch mal unter Beweis stellen, was Sie diesbezüglich so drauf haben."

Ich verkniff mir ein Grinsen und erwiderte: „Sie scheinen ja überhaupt keinen Respekt vor der Obrigkeit zu haben, Herr Reinermann. Na gut, dann geben Sie mir das Handy bitte noch mal." Erst beim Vergrößern des Bildes fiel mir bei der links sitzenden jungen Frau das Tattoo am linken Oberarm auf. „Meinen Sie etwa das?", fragte ich.

„Exakt! An ihren Tattoos sollt ihr sie erkennen. So steht es übrigens schon in der Bibel geschrieben", erwiderte er grinsend.

„Donnerwetter, ein bibelfester Boxer. Aber Sie müssen eine andere Ausgabe haben als ich, denn in meiner ist nicht von Tattoos, sondern von Taten die Rede.

„Kurzer Haken, sehr gut reagiert, Frau Oberkommissarin. Also gut, dann steht es jetzt Unentschieden zwischen uns beiden."

„Aber mindestens. Könnten Sie mir das Foto bitte zusenden?"

Er nickte. „Mache ich am besten gleich, bevor ich es wieder vergesse. Geben Sie mir doch mal Ihre Telefonnummer."

„Die gebe ich eigentlich ungern weiter. Sie könnten es mir ja auch direkt über Bluetooth zusenden."

„Das funktioniert bei mir leider nicht mehr. Keine Sorge, Ihre Nummer ist bei mir so sicher wie das Amen in der Kirche."

„Na schön. Mir fällt auf, dass Sie sich bei Ihren Ausflüchten offenbar gerne auf Bibel und Kirche beziehen. Erzählen Sie mir stattdessen lieber mal, wie sich die Geschichte zwischen den beiden Schwestern weiterentwickelt hat."

„Wo waren wir denn stehen geblieben? Ach ja, Anna war trotz ihres nahezu identischen Aussehens ein ganz anderer Typ als Lena. Wie soll ich es Ihnen erklären, sie wirkte auf mich irgendwie unnahbar und etwas hochnäsig, ganz im Gegensatz zur lebensfrohen Lena. Sie hat sich übrigens auch über Lenas Herz-Tattoo abfällig geäußert. Für so etwas Kitschiges auf der Haut hätte sie überhaupt kein Verständnis. *Du bist doch keine Litfaßsäule* hat sie zu ihr gesagt, und das hat Lena richtig wehgetan. Sie hat zwar nichts gesagt, aber man hat es ihr deutlich angemerkt. Lenas

Boxtraining hat leider massiv unter dieser Beziehung gelitten und auch ich war schon bald für sie mehr oder weniger abgeschrieben. Das hat mich einerseits zwar ein bisschen enttäuscht, andererseits war ich aber froh, dass sie in ihrer Schwester wieder einen Halt gefunden hatte. Eines Tages habe ich dann völlig überraschend einen Anruf von ihr bekommen, der mir irgendwie merkwürdig vorkam, weil wir einen Tag vorher noch mit ein paar Leuten aus dem Boxclub gefeiert hatten. Sie hat mir mit tränenreicher Stimme mitgeteilt, dass sie zu ihrer Schwester nach Oppau ziehen und deshalb ihre Mitgliedschaft im Boxclub kündigen möchte. Doch als ich sie nach den Gründen für den plötzlichen Weggang fragen wollte, hat sie erwidert, dass sie darüber nicht reden möchte und einfach aufgelegt. Tja, und seitdem habe ich nichts mehr von ihr gehört."

„Vielen Dank, Herr Reinermann, das war wirklich sehr aufschlussreich für mich. Haben Sie Lenas Zwillingsschwester eigentlich näher gekannt?"

„Eher nur oberflächlich. Lena hatte sie ein paar Mal mitgebracht, wenn wir in Schollers Gartenlaube ein bisschen zusammen feierten."

Ich wurde sofort hellhörig. „Schollers Gartenlaube, sagen Sie? Wo ist die denn?"

„In Wiebelskirchen, ganz in der Nähe der Bliesaue. Warum fragen Sie?

„Weil Lenas Leiche genau dort beim Ausheben eines Fundamentes entdeckt worden ist, Herr Reinermann."

„Das gibt´s doch nicht. Wer hat die denn dort verscharrt? Die hatte sich doch nach Oppau verabschiedet, wie ich gerade erwähnt habe? Ist denn schon klar, wer sie …"

„Nein, noch ist überhaupt nichts klar, und genau aus diesem Grund habe ich Sie heute auch aufgesucht", unterbrach ich ihn.

„Aber … ich kann Ihnen wirklich nicht weiterhelfen. Wie gesagt, nach dem Anruf habe ich nie wieder etwas von ihr gesehen oder gehört."

„Wieso haben Sie denn eigentlich in Wiebelskirchen in einer Gartenlaube gefeiert und nicht in einem Vereinslokal?"

„Na ja, so etwas hatten wir damals nicht wirklich. Der Scholler Hardy, eigentlich hieß er Hartmut, aber wir haben ihn nur Hardy genannt, war bis zu seinem Tod Mitglied bei uns im Boxclub. In jungen Jahren als Boxer und später als Trainer und auch sonst noch in verschiedenen Funktionen. Wir haben in seiner Gartenlaube damals öfter gefeiert. Irgendwann ist er aber schwer krank geworden und im Rollstuhl gelandet. Er konnte zwar nicht mehr mit uns zusammen feiern, hat uns aber die Laube weiterhin für vereinsinterne Feste überlassen. Wir hatten sogar einen Schlüssel zum Gartentor, sodass wir jederzeit ungehinderten Zugang zum Grundstück hatten." Er schwieg für ein paar Sekunden und fuhr dann fort. „Seit wann lag Lena denn dort in der Erde, Frau Horst?"

„Das wissen wir leider nicht so genau, doch nach den bisherigen Ermittlungen ist von einem Zeitraum von etwa fünfzehn Jahren auszugehen."

Er schüttelte den Kopf „Aber genau in diesem Zeitraum hatte Lena sich doch eigentlich in Richtung Oppau verabschiedet?" Plötzlich stockte er für ein paar Sekunden und starrte mich an. „Jetzt fällt es mir wie Schuppen von den Augen. Als wir beim nächsten Mal dort feiern wollten, lag so ein übler fauliger Geruch in der Laube, den wir auch durch Lüften einfach nicht weg bekamen und uns die Ursache hierfür auch nicht erklären konnten. Könnte das etwa Verwesungsgeruch gewesen sein? Wir konnten uns beim besten Willen nicht mehr in der Gartenlaube aufhalten und haben uns deshalb einen anderen Platz zum Feiern gesucht. Und nachdem kurz darauf der Hardy gestorben war, sind wir ohnehin nicht mehr dorthin gefahren."

Ich zuckte mit den Schultern. „Hunde können Leichengeruch aus der Erde ja durchaus wahrnehmen, aber Menschen? Andererseits lag die Leiche auch nicht sonderlich tief im Boden. Von daher schon möglich, denke ich. Kennen Sie vielleicht den Nachnamen und die Adresse von Lenas Zwillingsschwester in Oppau?"

Er schüttelte den Kopf.

„Schade. Dann muss ich mich ohne nähere Angaben mit den zuständigen Stellen in Ludwigshafen in Verbindung setzen. Ich hoffe, die können mir trotzdem weiterhelfen. So, jetzt muss ich aber schleunigst nach Hause, meine Tiere warten sicher schon sehnsüchtig auf mich, und hungrig bin ich offen gestanden auch ein bisschen."

„Geht mir genau so. Wo wohnen Sie denn?"

„In der Heizengasse."

Er blickte kurz aus dem Fenster. „Sind Sie mit dem Auto da?"

Ich nickte.

„Dann müssen sie ja ohnehin durch die Haspelstraße. Könnten Sie mich das kurze Stück bis zur Einmündung in die Brunnenstraße mitnehmen? Ich wohne gleich dort und möchte ungern durch den strömenden Regen nach Hause latschen."

„Aber gerne, Herr Reinermann. Es kann auch sein, dass ich in der Angelegenheit noch mal auf Sie zukommen muss."

„Kein Problem, ich mag es, wenn Frauen auf mich zukommen", erwiderte er mit einem schelmischen Grinsen.

Ausblicke

Einkaufen gehört nicht gerade zu meinen Lieb-
lingsbeschäftigungen. Früher hatte das Björn
meistens erledigt, aber jetzt musste ich mich wohl
oder übel selbst darum kümmern. Zum Glück
hatte ich in Andrea, meiner Schwägerin, wenigstens eine Begleiterin gefunden. Auch sie war
schon ein paar Jahre Witwe, nachdem ihr Mann
allzu früh an Lungenkrebs gestorben war.

„Wir parken am besten auf dem Parkdeck an
der Königstraße", sagte sie. „Ich fahre nämlich
ungern in ein Parkhaus."

Als wir ausstiegen, fiel mein Blick auf das
Ensemble des ehemaligen Neunkircher Eisen-
werks. Eine immer wieder faszinierende Kulisse
mit dem Wasserturm, den Winderhitzern und den
beiden Hochöfen. Mein Vater hatte hier noch
lange Jahre gearbeitet. Spontan tauchten Bilder
aus der Vergangenheit vor meinem geistigen Au-

ge auf. Als staubiges und stinkendes Rußloch war die Stadt früher nicht zu Unrecht verschrien. Gelblich-brauner Hüttenstaub lag permanent in der Luft, ebenso wie ein dauerhafter Lärmpegel, den man als Neunkircher Bürger eigentlich nur noch wahrnahm, wenn man mal ein paar Tage oder Wochen außerhalb Neunkirchens verbracht hatte und dann wieder in die Stadt zurückkehrte. Und jetzt stand hier nur noch ein stilles und sauberes Industriedenkmal als überdimensionaler Grabstein für das längst verloschene Neunkircher Eisenwerk.

„Du schwelgst wohl gerade in Erinnerungen, Nora?", hörte ich Andrea sagen, die mich beobachtet hatte, wie ich meine Blicke über das Alte Hüttenareal und meine Gedanken dabei in die Vergangenheit schweifen ließ.

„Ja, du hast recht. Entschuldige bitte", erwiderte ich. „Es hat sich in all den Jahren so viel in unserer Stadt verändert. Das ist mir gerade jetzt wieder durch den Kopf gegangen. Wenigstens ein bisschen was davon ist uns hier noch erhalten geblieben. Manchmal überfällt mich einfach die Wehmut."

Andrea nickte. „Geht mir genau so. Vor allem abends, wenn hier alles beleuchtet ist, finde ich es sehr schön. Wir waren früher oft zu Viert hier in den Lokalen unterwegs, als Richard und Björn noch gelebt haben. Erinnerst du dich noch?"

„Na klar, doch jetzt fristen wir beide als keineswegs lustige Witwen ein eher bescheidenes Dasein. Hast du schon mal daran gedacht, dir wieder einen festen Partner zuzulegen?"

Andrea schüttelte den Kopf. „Nach der Trauerphase anfangs schon. Es gab auch die eine oder andere Beziehung, aber nie etwas Festes. So einem Mann wie Richard werde ich vermutlich nie wieder begegnen, und für eine zweite Wahl bin ich einfach nicht zu haben. Wie ist das eigentlich bei dir?"

„Genau so, einfach undenkbar, Andrea. Ich bin auch noch lange nicht über Björns Tod hinweg. Vielleicht, wenn ich einmal damit abgeschlossen habe. Die Einsamkeit, insbesondere abends, macht mir zwar zu schaffen, aber wenigstens leisten mir Agathe und die drei Stubentiger dabei Gesellschaft. Ich hatte früher nie so eine enge Beziehung zu den Tieren, doch jetzt …"

„Du hast dich sehr verändert, Nora, und wenn du mich fragst, durchaus nicht zu deinem Nachteil. Du hattest früher eigentlich immer nur deine Karriere im Sinn und warst für das einfache Leben, um es mal so zu nennen, nicht besonders zu haben. Stimmt´s?

„Ja, das ist richtig."

„Was hat dich denn so grundsätzlich verändert? Ich meine, abgesehen von Björns Tod."

Andrea und Holger wussten nicht, warum es damals zu dem Unfall und zu meinem Nahtoderlebnis kam. Ich hatte es Ihnen bisher verschwiegen, weil mich noch immer Schuldgefühle an Björns Tod plagten. Für einen kurzen Moment überlegte ich, ob ich es ihr nicht endlich sagen sollte, doch dann gewann der Verstand wieder einmal die Oberhand über meine Gefühle. Ich zuckte mit den Schultern. „Ich kann es dir auch nicht sagen", versuchte ich mich herauszuwinden. „Lass uns jetzt unsere Einkäufe tätigen, denn ich muss möglichst schnell wieder zurück und noch ein paar Telefonate führen."

„Wegen deines neuen Falls?"

„Du sagst es."

Gegen Abend rief mich Jo Frisch an. „Na, wie geht es dem Herrn Lehrer denn?", fragte ich.

„Du bist ja überhaupt nicht mehr auf dem Laufenden, Nora. Ich bin mittlerweile schon in Pension."

„Ach ja, jetzt erinnere ich mich. Wir hatten beim letzten Heimspiel im Ellenfeld darüber gesprochen."

„Apropos letztes Heimspiel, ich habe dich schon ewig nicht mehr im Stadion gesehen. Genau aus diesem Grund rufe ich auch an. Wir haben am Samstag ein wichtiges Spiel und müssen unbedingt gewinnen, um noch auf einen Relegationsplatz zu klettern. Kommst du dazu, denn wir brauchen jeden Mann zur Unterstützung … selbst wenn es eine Frau ist", schob er lachend hinterher.

„Ich schließe daraus, dass du unseren Borussen noch immer die Treue hältst."

„Na klar, Nora, das ist eine Herzensangelegenheit, wie du weißt."

„Wer wollte daran zweifeln, wenn ein so intelligenter Mann aus Trier als Pressesprecher, Fotograf, Medienbeauftragter und was weiß ich noch alles, einem ehemaligen Bundesligisten, der jetzt in der sechsten Liga dem Ball hinterherrennt, trotzdem noch die Treue hält."

„Und die Treue, sie ist doch kein leerer Wahn", hörte ich ihn bedeutungsvoll zitieren.

„Friedrich Schiller … Die Bürgschaft… Zu Dionys dem Tyrannen schlich Damon, den Dolch im Gewande … Stimmts?"

„Donnerwetter, nicht schlecht für eine Oberkommissarin."

„Danke für die Blumen."

„Ich komme dich am Samstag gegen halb Drei abholen. Ich parke ja immer direkt vor dem Kopfbau am Ellenfeld, sodass du nur noch ein paar Meter bis zur Tribüne laufen müsstest."

„Lust darauf hätte ich ja schon, aber weißt du, ich habe eigentlich noch so viel zu tun."

„Keine Widerrede, Nora, sonst muss ich dir eine schlechte Note wegen mangelndem sportlichen Interesse geben."

„Oh je, das möchte ich natürlich auf keinen Fall riskieren. Also gut dann."

„Na also, geht doch. Mach dir noch einen schönen Abend, Nora", erwiderte er und legte auf.

Auskünfte

„Tut mir leid, Frau Horst, aber Sie können mir weder einen Nachnamen noch eine konkrete Adresse in Oppau nennen. So kann ich Ihnen beim besten Willen nicht weiterhelfen", gab mir ein Kollege von der Kripo Ludwigshafen auf meine telefonische Nachfrage zu verstehen. „Haben Sie wenigstens sonst noch einen Anhaltspunkt für uns, ein Autokennzeichen zum Beispiel?"

„Leider nein. Aber wir haben in der Ermittlungsakte noch ein Foto von der gesuchten Dame, auf dem sie mit ihrer Zwillingsschwester abgebildet ist. Das könnte ich Ihnen noch per E-Mail zuschicken. Das Bild ist allerdings schon etwas älter."

„Und wie alt?"

„So genau kann ich Ihnen das nicht sagen, vielleicht fünfzehn Jahre."

„Fünfzehn Jahre? Na toll, aber schicken Sie es mir trotzdem mal. Ein Bekannter von mir sitzt nämlich im Bürgerbüro Oppau, ein wandelndes Lexikon sozusagen, der den Ort und viele Einwohner persönlich kennt. An den würde ich Ihre Anfrage mit dem Foto mal weiterleiten."

„Prima, vielen Dank, Herr Kollege, ich schicke Ihnen das Foto gleich zu."

Knapp drei Stunden später bekam ich einen Anruf aus dem Bürgerbüro. Ein Herr Hemmer war am Apparat. „Guten Tag, Frau Horst. Ich sehe mir gerade Ihr Foto auf dem Monitor an", sagte er. „Die beiden Frauen sehen sich ja echt zum Verwechseln ähnlich, und die kommen mir tatsächlich auch irgendwie bekannt vor. Jedenfalls eine von den beiden. Welche könnte ich Ihnen zwar nicht sagen, aber es könnte sich um eine Frau Bernhard handeln, die mal in der Bauhausstraße gewohnt hat."

„Tatsächlich? Das wäre ja super. Erinnern Sie sich auch noch an Ihren Vornamen?"

„Oh je, ich fürchte nein."

„Die von uns gesuchte Frau heißt mit Vornamen Anna."

„Anna? Gut möglich, aber da bin ich mir wirklich nicht sicher. Ihr Eltern hatte jedenfalls eine Arztpraxis in der Bauhausstraße."

„Das scheint zu passen. Nach unseren Informationen wurde sie von einer Ärztehepaar adoptiert, das irgendwann aus dem Saarland nach Oppau gezogen ist und dort in einem renommierten Anwesen gewohnt haben soll."

„Dann ist es garantiert die Anna Bernhard, denn das deckt sich genau mit dem, was auch ich über die Familie weiß."

„Na prima. Könnten Sie mir bitte noch die genaue Adresse sagen, und möglichst auch eine Telefonnummer?"

„Die Adresse kann ich Ihnen zwar geben, Frau Horst, aber ich fürchte, sie wird Ihnen nicht viel nützen."

„Und wieso nicht?"

„Na ja, das Haus wurde schon vor Jahren verkauft. Frau Bernhard wohnt dort jedenfalls nicht mehr."

„So ein verdammter Mist", rutschte mir spontan heraus. „Bitte entschuldigen Sie, Herr Hemmer", schob ich gleich nach.

„Kein Problem, Frau Horst."

„Könnten Sie mir wenigstens ihre neue Adresse geben?"

Er lachte. „Jetzt wäre es eigentlich an mir, kräftig zu fluchen, denn sie hat sich damals nämlich nicht bei uns abgemeldet. Jedenfalls wohnt sie nicht mehr in Oppau und auch nicht im Stadtgebiet Ludwigshafen. Es gab zwar Hinweise von Nachbarn und Bekannten, dass sie sich in Richtung Mannheim abgesetzt haben könnte, aber wir haben von dort keine Ummeldung bekommen. Was ich Ihnen jetzt noch sage, ist sozusagen ohne Gewähr. Die Anna ist irgendwann auf die schiefe Bahn geraten, wie ich seinerzeit erfahren habe. Sie hat eines Tages ihre Arbeitsstelle aufgegeben und bei sich zu Hause ...“, er zögerte ein paar Sekunden und fuhr dann fort, „na ja, wie mir die Nachbarn berichtet hatten, gingen dort abends fremde Männer ein und aus, wenn Sie verstehen, was ich meine.“

„Sie meinen wohl, dass sie der Prostitution nachgegangen ist?“

„Das will ich nicht gesagt haben, aber so etwas in der Art haben zumindest die Nachbarn damals anklingen lassen. Die hatten sich nämlich deswegen bei der Stadt darüber beschwert. Vermutlich hat sie damals auch aus dem Grund das Haus verkauft und ist spurlos verschwunden.“

„Wissen Sie vielleicht, wo sie früher gearbeitet hat, Herr Hemmer?“

„Ja, aber auch die Firma gibt es schon einige Jahre nicht mehr."

„Ich scheine ja eine richtige Glückssträhne zu haben. Jammerschade, aber da kann man nichts machen. Ich danke Ihnen jedenfalls für die Auskünfte, Herr Hemmer."

„Gerne, Frau Horst."

Ich rief im Anschluss gleich meinen Chef im LKA an und schilderte ihm die Situation.

„Hmmh, der Fall zieht deutlich weitere Kreise als ich ursprünglich dachte", sagte er. „Aber so ist es nun mal. Setzen Sie sich meinetwegen ins Auto und hören sich am besten selbst bei der ehemaligen Nachbarschaft von Frau Bernhard mal um. Vielleicht werden Sie dort ja doch fündig. Wann könnten Sie denn fahren, ich meine wegen des Dienstreiseantrags? Und die Kollegen in Ludwigshafen müssen natürlich auch vorher entsprechend informiert werden."

„Mit dem Auto geht es leider nicht, Herr Beckmann. Wegen des Unfalls kann ich weitere Strecken auf keinen Fall mehr hinterm Steuer sitzen. Das war ja auch der Grund, warum …"

„Vergessen Sie es, Frau Horst. Daran hatte ich im Eifer des Gefechtes überhaupt nicht mehr gedacht. Bitte entschuldigen Sie. Könnten Sie denn mit dem Zug fahren?"

„Schon, aber dann würde ich ja irgendwo auf einem Bahnhof in Ludwigshafen landen und wäre dort nicht weiter mobil. Und auskennen tue ich mich im Raum Ludwigshafen ja auch nicht."

„Sie haben recht, aber das ist auch kein Problem. Ich rufe nachher gleich bei den Kollegen in Ludwigshafen an. Dort könnte Sie ein Beamter mit dem Dienstwagen abholen und mit Ihnen nach Oppau fahren und Sie später natürlich auch wieder zum Bahnhof bringen. Warten Sie mal … heute haben wir Freitag. Wie wäre es denn mit Dienstag nächster Woche? Ginge das bei Ihnen?"

„Ja, das würde gehen."

„Na prima, ich gebe Ihnen später noch die Namen der Ansprechpartner in Ludwigshafen und ihre Telefonnummern durch. Suchen Sie sich bitte selbst eine passende Zugverbindung raus und geben die Daten dorthin weiter. Ich bin die nächste Woche in Urlaub, sonst wäre ich selbst mit Ihnen nach Oppau gefahren. Aber falls Sie noch mal weiter weg müssen, machen wir das auf jeden Fall gemeinsam."

„Vielen Dank für das Angebot, und noch einen schönen Urlaub, Herr Beckmann."

Aushub

Am nächsten Morgen stand Holger mit einem Studienkollegen in aller Herrgottsfrühe vor der Haustür. „So, heute geht´s los, Tante Nora. Der Minibagger wird in etwa einer Stunde vorbei gebracht." Er deutete auf seine Begleitung. „Das ist Florian. Sein Vater arbeitet in der Firma, die die Baumaschinen vermietet. Er hat mit so einem Ding schon öfter gearbeitet und sein Vater hat uns einen guten Preis versprochen."

„Oh je, daran habe ich ja gar nicht mehr gedacht. Ausgerechnet heute Mittag wollte Jo vorbeikommen und mich ins Ellenfeld mitnehmen. Ich muss ihm gleich absagen", erwiderte ich und wollte zum Telefonieren ins Haus zurück. Doch Florian schüttelte den Kopf.

„Warum das denn, Tantchen? Du würdest uns ohnehin nur im Weg stehen. Geh du mit Jo mal lieber zum Borussenspiel. Wo der Ententeich hin kommt und wie groß er etwa werden soll, das haben wir ja alles schon ausgiebig besprochen."

„Du sollst nicht immer Tantchen sagen, junger Mann, und außerdem soll es kein Ententeich, sondern ein Gänseteich werden."

„Um Gottes Willen, du wirfst ja meinen ganzen Plan völlig über den Haufen, Frau Oberkommissarin", erwiderte er.

Als ich die beiden völlig irritiert anstarrte, fingen sie schallend an zu lachen.

„Ihr wollt mich wohl vergackeiern?"

„Vergackeiern trifft es nicht wirklich, liebe Tante, denn der Ausdruck vergackeiern kommt bekanntlich von einem Huhn, das zwar laut gackert, aber kein Ei dabei legt. Insofern müsste es bezogen auf Agathe doch eher verganseiern heißen", dozierte Holger mit professoraler Miene, während Florian ihm zustimmend zunickte. Nur mühsam konnten sie ein Grinsen dabei unterdrücken.

„Ich sehe schon, ihr beiden steckt unter einer Decke und wollt einer alten Frau das Leben schwer machen", seufzte ich theatralisch, drehte mich um und ging auf den Gehstock gestützt mit schleppenden Schritten in Richtung Haustür zurück. Sofort hielten sie mich an den Schultern fest, um sich mit schuldbewussten Mienen zu entschuldigen. „Seht ihr, andere Leute veräppeln kann ich auch", gab ich ihnen lachend zu verstehen und ging ins Haus zurück.

Als ich mit Jo am späten Nachmittag und einem knappen Sieg gegen die zweite Mannschaft vom FC Homburg im Gepäck zurückkam, sagte er: „Ich komme noch kurz mit rein und schaue mir mal an, was deine beiden Studenten heute so geleistet haben."

Hinter dem Haus sah es aus, als hätte eine Bombe eingeschlagen. Ein überdimensional großes Loch, so schien es mir jedenfalls, klaffte im Boden. Daneben ein Riesenberg Erdaushub, auf dem sich die Hühner und Agathe auf der Suche nach Regenwürmern und ansonsten noch Essbarem tummelten. Ganz oben saß Holger und schien sein Werk ausgiebig zu bewundern.

„Um Himmels Willen, du solltest einen Teich anlegen und keinen Baggersee", rief ich ihm entsetzt zu.

„Keine Sorge, das täuscht nur ein bisschen. Wir mussten natürlich etwas mehr und etwas tiefer ausheben, um den Teichgrund und die Teichböschung noch mit Sand abdecken und modellieren zu können, bevor wir die Teichfolie einbringen. Und der Aushub ist ja auch bald wieder verteilt. Ich würde ohnehin einen kleinen Hügel belassen und einen Wasserlauf zum Teich hin anlegen. Nur bei der Teichfolie bräuchte ich etwas Hilfe. Leider ist Florian ab morgen in Urlaub."

„Wann wolltest du das denn machen, Holger?", fragte Jo.

Der zuckte mit den Achseln. „Na ja, möglichst bald. Irgendwann in den nächsten Tagen."

„Also gut, dann mach du schon mal die Vorarbeiten und besorge die Teichfolie. Ich könnte nächsten Mittwoch vorbeikommen und dir beim Einbringen helfen."

Holger strahlte. „Das ist ja prima, Jo. Wann könntest du denn da sein?"

„Na ja, irgendwann nach neun Uhr vormittags. Ne gute Stunde brauche ich schon mit dem Auto von Trier bis hierher."

Holger sah ihn grinsend an. „Ach ja, ich vergaß vollkommen, dass der Herr Pressesprecher vom Ex-Bundesligisten Borussia Neunkirchen aus dem Ausland anreisen muss. Hast du denn überhaupt eine Aufenthaltsgenehmigung für das Saarland", frotzelte er.

Jo nickte mit stoischer Ruhe. „Noch jedenfalls."

„Noch, was heißt denn das?"

„Na ja, es könnte gut sein, dass mir die gleich entzogen wird, nachdem ich dich hier im Erdreich verbuddelt habe, du Lümmel. Deine Tante wird mich ja wohl direkt am Tatort verhaften."

„Bloß nicht, Jo", wehrte ich lachend ab. „Ich habe schon genug Probleme mit der verbuddelten Frauenleiche in Wiebelskirchen."

Dienstreise

Am nächsten Dienstag fuhr ich vom Hauptbahnhof in Neunkirchen mit dem Zug nach Ludwigshafen. Ich war schon lange nicht mehr mit der
Bahn unterwegs und genoss die Fahrt tatsächlich
ein bisschen. Bei der Ankunft am Bahnhof in
Ludwigshafen wurde mein Name ausgerufen mit
der Bitte, mich zur Fahrplanauskunft zu begeben.
Dort erwartete mich bereits ein Polizist in Uni-
form.

„Kraft, Stefan Kraft von der Kripo Ludwigshafen, um genau zu sein. Sie sind sicher Frau
Oberkommissarin Horst", sagte er und schüttelte
mir die Hand. „Mir wurde gesagt, sie kämen vom
LKA aus dem Saarland. Ich soll sie nach Oppau
bringen und dort bei Zeugenbefragungen ein
bisschen unterstützen. Das mache ich gerne, weil
es praktisch ein Heimspiel für mich ist. Ich wohne nämlich selbst dort in der Schönaustraße,
gleich in der Nähe vom Stadion des BSC Oppau.
Na dann kommen Sie mal mit, ich parke direkt

vor dem Ausgang. Es hat halt seine Vorteile, wenn man mit einem Polizeiauto unterwegs ist. Parkplatzprobleme gibt es dann jedenfalls keine", erklärte er grinsend.

Um eine Unterhaltung während der Fahrt in Gang zu bringen, fragte ich: „Sind Sie auch bei diesem Verein? Wie hieß der noch mal?"

„Nein, ich bin Vorstand vom TV Edigheim, aber der BSC Oppau und der Name Günter Heiden müssten Ihnen doch eigentlich etwas sagen, Frau Horst."

„Günter Heiden? Nein, tut mir leid, den kenne ich nicht."

„Sie kommen aber doch aus Neunkirchen, Frau Horst?"

„Richtig, woher wissen Sie das?

„Dienstgeheimnis", erwiderte er und deutete schmunzelnd auf das Wappen an seiner Polizeiuniform. „Ich gebe Ihnen noch eine letzte Chance und sage nur Sechziger Jahre ... Bundesliga."

„Tut mir leid, aber ich verstehe wirklich nicht, was Sie damit andeuten wollen."

„Sagen Sie jetzt bloß nicht, Sie würden sich nicht für Fußball interessieren", erwiderte er und warf mir während der Fahrt einen kritischen Blick von der Seite zu.

„Doch, schon, aber das beschränkt sich im Wesentlichen auf die Nationalmannschaft und auf …"

„Borussia Neunkirchen", fiel er mir grinsend ins Wort. „Stimmt´s?"

„In der Tat, aber woher kennen Sie denn einen Saarlandligisten?"

„Ich bitte Sie, Borussia Neunkirchen war in den Sechzigern doch ein paar Jahre in der Bundesliga", erwiderte er fast ein bisschen vorwurfsvoll.

„Oh ja, aber da war ich ja noch gar nicht auf der Welt."

„Ich auch nicht, aber der Günter Heiden ist damals vom BSC Oppau zu den Borussen nach Neunkirchen gewechselt und hat dort in der Bundesliga gespielt. Ein waschechter Oppauer in der Bundesliga, na, was sagen Sie jetzt?" Er schien tatsächlich ein bisschen stolz darauf zu sein.

„Donnerwetter, das hätte ich nicht gedacht. Vielleicht können wir uns jetzt aber über den Grund meines Besuchs ein bisschen unterhalten.

Ich schildere Ihnen einfach mal, um was es dabei geht."

Knapp zehn Minuten später hielt mein Begleiter vor der angegebenen Adresse in der Bauhausstraße. „So, da wären wir", sagte er und stellte den Motor ab. „Wie wollen sie denn vorgehen, Frau Horst?"

„Wir versuchen es zuerst bei den neuen Hausbesitzern. Vielleicht ist denen ja die Adresse bekannt, wohin Anna Bernhard nach dem Hausverkauf damals verzogen ist."

Doch die Hausbesitzerin zeigte, offenbar mit Blick auf die Nachbarschaft, nicht das geringste Verständnis für eine Befragung durch die Polizei und wimmelte uns kopfschüttelnd ab.

„Das hatte ich befürchtet", stöhnte ich, als wir wieder draußen auf der Straße standen. „Wir versuchen es noch bei den Nachbarhäusern, und wenn dabei auch nichts herauskommt, kann ich den Fall wohl endgültig zu den Akten ´Ungelöst` legen." Doch auch bei den Häusern links und rechts des ehemaligen Anwesens der Bernhards Fehlanzeige. Bei zwei Häusern war überhaupt niemand zu Hause und bei den anderen handelte es sich um Bewohner, die erst in den letzten Jahren hierher gezogen waren und die Vorbesitzerin überhaupt nicht kannten. *Außer Spesen nichts gewesen*, schoss mir spontan durch den Kopf. Ich wollte die Aktion deshalb schon abbrechen, als mein Blick auf die andere Straßenseite schräg gegenüber fiel. Ich hatte die ganze Zeit schon das Gefühl, von jemand beobachtet zu werden. Ein Mann war dort damit beschäftigt, eine Hecke neben dem Haus zu schneiden und warf immer wieder Blicke in unsere Richtung. Als er bemerkte, dass ich auch ihn jetzt im Visier hatte, senkte er rasch den Kopf und drehte mir den Rücken zu. Einer spontanen Eingebung folgend ging ich zu ihm und fragte: „Wohnen Sie hier, Herr …?"

„Feldmann, Wolfgang Feldmann", erwiderte er und lüftete kurz seinen Strohhut, der eine spiegelblanke und vor Schweiß triefende Glatze verdeckte. „Ja, ich wohne hier schon seit meiner Geburt, und das ist fast sechzig Jahre her."

„Dann kennen Sie sicher auch die Vorbesitzerin vom Anwesen gegenüber. Sie heißt Anna Bernard."

Er nickte. „Aber die wohnt nicht mehr hier."

„Ich weiß. Wissen Sie vielleicht, wohin sie verzogen ist?"

Er schüttelte den Kopf.

„Schade, aber trotzdem vielen Dank, Herr Feldmann", sagte ich und wollte wieder auf die andere Straßenseite wechseln, als er meine linke Hand ergriff und mich auf eine kleine Wiese neben dem Haus führte. „Bitte entschuldigen Sie, aber es muss ja nicht jeder mitbekommen, wenn wir uns unterhalten."

„Kein Problem, Herr Feldmann. Sie wissen also doch etwas, oder?"

„Nicht so richtig, aber ich wollte Ihnen nur kurz erklären, warum sie damals wohl von hier weg ist. Ich hatte die Anna ja schon als Kind kennengelernt und auch zu ihren Eltern einen recht guten Kontakt. Ich habe für die auch den Garten ein bisschen gepflegt. Leider sind Annas Eltern schon früh gestorben, beide im Abstand von ein paar Jahren an Krebs, und beide wie gesagt viel zu früh. Jedenfalls war Anna damals erst Mitte Zwanzig. Eine wohlerzogene und intelligente junge Frau, auch wenn sie danach ihr Studium geschmissen hat. Vielleicht aus Trauer um die Eltern und die Einsamkeit in diesem großen Haus. Ich hatte irgendwie Mitleid mit ihr und wollte mich ein bisschen um sie kümmern, aber die Alte dort drin hat das systematisch verhindert", presste er mit versteinerter Miene heraus und deutete auf das Haus neben uns.

„Die Alte? Meinen Sie damit etwa Ihre Frau?"

Er nickte. „Sie ist furchtbar eifersüchtig und lässt mich den ganzen Tag nicht aus den Augen. Na ja, jedenfalls hatte sich die Anna irgendwann wieder etwas gefangen und lebte eine ganze Weile ziemlich zurückgezogen hier. Man sah sie nur morgens mit dem Auto zur Arbeit fahren, aber nachmittags war sie eigentlich immer zu Hause. So weit ich das mitbekommen habe, hatte sie auch wenig Freunde oder Bekannte, und eine feste Beziehung schien sie auch nicht zu haben. Doch eines Tages blühte sie förmlich auf und stellte mir irgendwann freudestrahlend eine junge Frau vor, die fast genau so aussah, wie sie selbst. Eine verblüffende Ähnlichkeit jedenfalls. Sie sagte, es sei ihre Zwillingsschwester, aber …"

„Das stimmt, die beiden wurden in jungen Jahren vom Jugendamt in unterschiedliche Familien vermittelt", fiel ich ihm ins Wort, um sein langatmiges Gerede etwas abzukürzen. „Gibt es sonst noch etwas Wichtiges von Ihrer Seite?"

„Ich glaube schon. Jedenfalls war sie seit dieser Zeit eine ganze Weile fast kaum noch zu Hause und ständig mit dem Auto unterwegs. Doch das hat sich irgendwann wieder völlig geändert. Plötzlich hat sie das Haus kaum noch verlassen und ist wohl auch nicht mehr zur Arbeit gegangen. Sie ging nur noch zum Einkaufen raus und hat sich richtig gehen lassen. Ziemlich ungepflegt kam sie plötzlich daher. Und unfreundlich ist sie auch geworden. Jedenfalls hat sie sich ganz im Gegensatz zu früher mit den Leuten aus der Nachbarschaft nicht mehr unterhalten. Auch mir gegenüber tat sie fast so, als würde sie mich nicht mehr kennen."

Ich kann es einfach nicht ertragen, wenn jemand ellenlange Reden schwingt und nicht auf den Punkt kommt. Meine Nerven drohten daher langsam durchzugehen. Was sollte ich mit derart unwichtigen Informationen anfangen? „Bitte entschuldigen Sie, Herr Feldmann, aber ich brauche nichts weiter als die Adresse von Frau Bernhard. Ihre detaillierten Informationen über den Lebenswandel dieser Frau helfen mir leider nicht weiter. Ich habe auch keine Zeit mehr und muss mich jetzt …"

„Geben Sie mir bitte nur noch eine Minute, weil das vielleicht doch wichtig für sie sein kann. Irgendwann gingen in dem Haus fremde Männer ein und aus. Meistens spät abends. Allen Nachbarn war natürlich sofort klar, was das zu bedeuten hatte. Wir wollten aber auf keinen Fall eine Prostitution in unserer Straße dulden. Deshalb haben wir irgendwann die Stadterwaltung entsprechend informiert und es ihr auch selbst deutlich zu verstehen gegeben. Wohl deshalb hat sie dann eines Tages das Haus verkauft und ist für immer verschwunden. Aber ..."

Ich vermochte meine wachsende Ungeduld einfach nicht länger im Zaum zu halten. „Vielen Dank, aber die Minute ist um, Herr Feldmann. Ich wünsche Ihnen noch einen schönen Tag", unterbrach ich ihn und ging Richtung Polizeiwagen.

„Nur noch den einen Satz. Ich habe sie nämlich eines Tages wiedergesehen. Das wollte ich noch erwähnen."

Dieser Satz hatte es in sich. Jedenfalls machte ich auf dem Absatz kehrt, ging wieder auf ihn zu und fragte: „Wann haben Sie Anna Bernhard wiedergesehen, und wo, Herr Feldmann?"

„In Mannheim", flüsterte er und schaute dabei sichtlich verängstigt um sich.

„In Mannheim? Wo genau in Mannheim?"

„In der Lupinenstraße", erwiderte er kaum hörbar.

„Warum flüstern Sie denn auf einmal so?"

„Weil man sich als anständiger Oppauer tunlichst nicht in einem Rotlichtviertel aufhalten sollte", hörte ich Herrn Kraft neben mir spontan erwidern. Ihm war es wohl im Auto zu langweilig geworden.

Herr Feldmann zitterte merklich. „Bitte nicht so laut. Wenn meine Frau das mitbekommt."

Mein Begleiter und ich konnten uns ein Schmunzeln nur mühsam verkneifen. „Na dann erzählen Sie mal weiter", munterte ich den Schuldbewussten auf.

„Ich bin Mitglied in einem Kegelclub, müssen Sie wissen. Und einmal im Jahr machen wir mit dem Geld aus der Clubkasse einen Ausflug. Der letzte war vor etwa einem halben Jahr. Mannheim war unser Ziel, und wie es der Zufall will, sind wir auf der Suche nach einem schönen Lokal, in dem man gut essen und sich in Ruhe gemütlich unterhalten kann …"

„Versehentlich in der Lupinenstraße gelandet, weil sich ja ein Oppauer in Mannheim nicht richtig auskennen kann. Stimmt´s?", fuhr ihm Herr Kraft dazwischen.

Herr Feldmann starrte ihn zunächst etwas irritiert an, nickte dann aber zustimmend. „Ja, so kann man es ausdrücken."

„Verstehe", erwiderte ich mit verzerrtem Gesicht, verzweifelt bemüht, einen Lachanfall zu unterdrücken.

„Wo war denn Frau Bernhard dort genau, ich meine, haben Sie sie in einem dieser Etablissements gesehen?"

„Wo denken Sie hin? Ich gehe doch nicht in einen …" Er stockte plötzlich, räusperte sich und fuhr fort: „Nein, irgendwo auf der Straße habe ich sie gesehen. Sie hat wohl dort mit ein paar anderen Damen auf Kundschaft gewartet. Ich habe sie allerdings erst auf den zweiten Blick erkannt, weil sie stark geschminkt war und aschblonde lange Haare hatte, vermutlich eine Perücke. Früher hatte sie jedenfalls immer relativ kurze dunkelblonde Haare. Als sich unsere Blicke trafen, hat sie sich gleich aus dem Staub gemacht. Da wusste ich genau, dass sie es ist."

„Und Sie sind sich da ganz sicher?"

„Ganz sicher."

„Und wieso?"

„Na ja, wenn man jemand schon von Kind an kennt, den erkennt man auch Jahre später noch."

„Aber Sie wissen nicht, ob sie dort noch ist oder wo sie jetzt wohnt?"

Er schüttelte den Kopf. „Nein, Frau Kommissarin."

„Frau Horst ist Kriminaloberkommissarin", korrigierte ihn Herr Kraft.

Ich winkte ab. „Das ist unwichtig. Geben Sie mir bitte noch Ihre Telefonnummer, falls wir noch Rückfragen haben sollten. Ihre Adresse kenne ich ja jetzt, Herr Feldmann."

„Aber bitte nur, wenn es unbedingt notwendig ist. Und meine Frau darf das auf keinen Fall erfahren", flehte er mich förmlich an.

„Keine Sorge, Herr Feldmann, das bleibt unter uns.

„Dienstgeheimnis", ergänzte Herr Kraft und verschloss seine Lippen dabei bedeutungsvoll mit dem Zeigefinger.

Wir verabschiedeten uns mit todernsten Mienen vom merklich erleichterten Herrn Feldmann und stiegen ins Auto. Doch als wir mit dem Wagen um die nächste Ecke bogen, überkam uns fast gleichzeitig ein Lachkrampf.

„Wollen Sie jetzt auch noch nach Mannheim? Mannheim liegt allerdings nicht in unserem Zuständigkeitsbereich, denn dort haben die Baden-Württemberger das Sagen. Aber ich könnte Sie dort wenigstens noch bei der zuständigen Inspektion absetzen, wenn Sie das möchten."

Ich winkte ab. „Nein, auf keinen Fall. Dazu ist es schon viel zu spät. Außerdem muss ich das weitere Vorgehen vorab mit meiner Heeresleitung im Saarland absprechen."

„So so, im Feindesland also, jedenfalls aus rheinland-pfälzischer Sicht gesehen. Ich verstehe!", erwiderte er trocken und salutierte mit der rechten Hand. „Wann geht Ihr Zug denn zurück ins Saarland?"

Ich schaute auf die Uhr. „Oh je, schon nach vier Uhr nachmittags. Den nächsten schaffe ich auf keinen Fall, aber kurz nach fünf oder um halb sechs, das müsste doch noch zu schaffen sein?"

„Kein Problem, das reicht sogar noch für eine Tasse Kaffee. Den habe ich vorsorglich schon mal bei meiner Frau telefonisch vorbestellt."

Ich schüttelte den Kopf. „Nein, danke, das möchte ich wirklich nicht, Herr Kraft."

„Keine Chance, Frau Horst, Sie befinden sich schließlich noch in unserem Hoheitsgebiet. Und Sie werden es jetzt nicht glauben, aber meine Frau stammt auch aus Neunkirchen. Sie heißt Rebecca und ihre Eltern wohnen dort in der Parallelstraße."

„Das gibt's doch nicht, aus der Parallelstraße in Neunkirchen. Die ist ja nur ein paar hundert Meter von mir entfernt."

Er nickte. „Sie freut sich schon darauf, mal wieder mit jemand ein bisschen saarländisch platt schwäddse ze könne", fiel er mitten im Satz nahezu perfekt in saarländischen Dialekt ein.

„Ei jo dann", erwiderte ich.

Das relativ kleine Haus, vor dem uns Rebecca Kraft empfing, schien sich fast schützend an das weitaus größere Nachbarhaus zur Linken anzuschmiegen. Jedenfalls machte es einen gemütlichen Eindruck. Ungleich größer war der schöne Garten mit einem Swimmingpool und einer zünftigen Blockhütte, vor der wir uns bei Kaffee und Kuchen über unsere Heimatstadt unterhielten. Wir genossen die Gedankenreisen zum Oberen Markt und der Pauluskirche, wo sie in jungen Jahren eine Kinder- und Jugendgruppe betreut hatte, schwelgten in Erinnerungen an das alte Schulhaus und an gemeinsame Lehrer in der Parkschule, an das alte Hallenbad am Mantes-La Ville-Platz, an Spielplätze im Wagwiesental und auch an Stadtbummel über den Stummplatz und durchs Saarpark Center, bis Herr Kraft mahnend auf seine Armbanduhr deutete und mich zum Hauptbahnhof in Ludwigshafen zurückfuhr. Völlig erschöpft kam ich kurz vor acht Uhr abends zu Hause an. Die Hühner waren schon im Stall und die drei Katzen hatten es sich auf der Couch im Wohnzimmer gemütlich gemacht. Während Agathe mich sonst immer laut schnatternd begrüßte, wenn ich nach Hause kam, lag sie in ihrem Körbchen in der Küche und würdigte mich keines Blickes. Offenbar zeigte die dumme Gans nicht das geringste Verständnis für mein langes Wegbleiben. Ich machte mir noch schnell die halbe Pizza vom Vortag warm und ging dann auch ins Wohnzimmer. Ein langweiliger Film im Fernsehen wirkte einmal mehr wie eine Schlaftablette auf mich. Als ich nach knapp zwei Stunden aus dem Fernsehschlummer erwachte, lag Agathe dicht neben mir und hatte ihren Kopf ins Schultergefieder gesteckt. Sie suchte seit Björns Tod immer häufiger die Nähe zu mir. Ein versöhnlicher Abschluss eines anstrengenden Tages. „Komm Agathe, wir gehen jetzt schlafen", sagte ich hundemüde, worauf sie eilig watschelnd an mir vorbeirannte und es sich in ihrem Körbchen im Schlafzimmer gemütlich machte.

Über Gott und die Welt

Am nächsten Morgen war Holger schon in aller Frühe damit beschäftigt, Sand in das ausgehobene Teichbecken einzubringen. „Wozu soll das eigentlich gut sein?", fragte ich ihn.

„Weil im Erdreich viele kleine Steine und Wurzeln sind, die die Teichfolie beschädigen könnten", erklärte er.

Kurz nach Neun kamen Jo aus Trier und gegen zehn Uhr noch Andrea dazu. Zu Dritt rollten sie die Teichfolie aus, die mir viel zu groß erschien, die aber nach dem Einlegen in die Teichgrube genau passte. Lediglich an den Rändern stand sie ein kleines Stück über. „Müsst ihr die nicht abschneiden?", fragte Andrea und wollte schon die Schere ansetzen.

„Um Himmels Willen nein, Mama", rief Holger und nahm ihr die Schere aus der Hand. „Die Folie muss die Teichränder überdecken, damit sie nicht ins Becken rutscht oder vom Regen unterspült wird. Wir fixieren die Folie nachher noch an den Teichrändern mit Natursteinen."

Am späten Nachmittag waren sie endlich fertig. Die beiden Männer hatten die Folie auf dem Teichboden noch mit einer Lage Rheinsand zur Bepflanzung abgedeckt.

„Das sieht ja schon ganz ordentlich aus, aber ich hatte mir den Teich eigentlich mit etwas Wasser drin vorgestellt", kommentierte ich provokativ das Werk, lauthals unterstützt von der heftig schnatternden Agathe.

„Typisch Öffentlicher Dienst, selber nichts tun, aber an allem rummeckern", gab mir Holger zur Antwort.

„Von wegen Nichtstun, ich habe einen Riesentopf Spaghetti für euch gekocht."

„Hoffentlich einen für jeden von uns, ich habe nämlich einen Bärenhunger, Tante Nora."

„So viele Töpfe habe ich leider nicht, aber hinterher gibt es noch einen schönen Nachtisch. Wir werden dich bestimmt satt bekommen, junger Mann."

„Wie lange dauert es eigentlich, bis so ein Teich mit Wasser gefüllt ist?", wollte Andrea wissen, als wir zu Viert am großen Esstisch in der Küche saßen.

„Hmmh, schwer zu sagen bei der exotischen Teichform, aber ausgehend vom Erdaushub dürften es grob geschätzt etwa fünf Kubikmeter sein", erwiderte Holger und schob sich laut schlürfend eine Portion Spaghetti in den Mund.

„Das war aber nicht die Frage, Herr Student", frozzelte Jo.

„Weißt du denn die Antwort, Herr Professor?", kam postwendend die Retourkutsche.

Jo schüttelte den Kopf. „Nein, aber wozu hat uns der liebe Gott den Verstand gegeben? Wie lange dauert es etwa, bis ein Putzeimer mit Wasser gefüllt ist?"

„Keine Ahnung, vielleicht eine Minute", erwiderte Andrea.

„Na gut, dann wären das pro Minute etwa zehn Liter."

Holger grinste spöttisch. „Willst du den Teich etwa mit Putzeimern füllen, Jo?"

„Unsinn, er will bestimmt nur ausrechnen, wie lange wir den Wasserhahn aufdrehen müssen, bis der Teich voll ist. Stimmt´s?", eilte ich meinem Fußballfreund zu Hilfe.

„Du sagst es, Nora. Wenn wir also in einer Minute etwa zehn Liter einbringen, dann wären das rund hundert Minuten für einen Kubikmeter und somit etwa fünfhundert Minuten für fünf Kubikmeter. Sagen wir großzügig rund fünfhundertvierzig Minuten, denn das lässt sich besser durch sechzig teilen. Nach Adam Riese ergäben das neun Stunden. Das ist natürlich nur ein grober Daumenwert, aber zumindest in der Größenordnung müsste es etwa liegen."

Anerkennendes Nicken von Holger. „Donnerwetter, nicht schlecht für einen Geisteswissenschaftler. Bei dem logischen Denkvermögen hättest eigentlich auch etwas Vernünftiges studieren können, Jo."

Doch der ließ sich nicht eine Sekunde aus der Ruhe bringen. „Und warum warst du dann nicht in der Lage, die Frage zu beantworten, du Technologieexperte?", konterte er.

Holger gefiel diese Antwort offensichtlich nicht, denn er versuchte spontan das Thema zu wechseln. „Darf ich dich mal was fragen, was mir schon lange durch den Kopf geht, liebe Tante?"

Ich mag solche Fragen eigentlich nicht, denn sie sind nach meinen Erfahrungen immer mit etwas Unangenehmen verbunden. Trotzdem erwiderte ich: „Na klar."

„Ich weiß ja nicht, ob du dich noch an den Unfall so genau erinnerst, aber wieso hat es dich damals eigentlich aus dem Auto katapultiert und Onkel Björn nicht? Ich meine, wenn ihr doch beide angeschnallt wart, oder hat dein Gurt vielleicht beim Unfall versagt?"

Ich ahnte, in welche Richtung seine Frage gehen würde, wollte aber auch nicht vom Thema ablenken. „Nein, Holger, ich weiß nur noch, dass ich mich kurz vorher abgeschnallt hatte, um meine Handtasche vom Rücksitz zu holen. Genau in diesem Moment hat es furchtbar geknallt und ich wurde mit voller Wucht nach vorne aus dem Wagen geschleudert. Zum Glück im Unglück war die Windschutzscheibe schon in tausend Splitter zerborsten, sonst weiß ich nicht, ob ich es überlebt hätte. Aber …", ich stockte kurz und fuhr dann fort: „aber ich wollte, ich hätte es auch nicht überlebt, um ehrlich zu sein."

Betretenes Schweigen, das nach einer Weile von Andrea unterbrochen wurde. „Ich verstehe einfach nicht, weshalb Björn so gerast ist. Das ist doch überhaupt nicht seine Art."

Ich rang verzweifelt nach einer ausweichenden Antwort, doch dann platzte es einfach aus mir heraus. „Ich fürchte, dass ich daran nicht ganz unschuldig war."

Andrea schüttelte fassungslos den Kopf. „Was soll das denn heißen, Nora? Hast du ihn etwa dazu gedrängt?"

„Nein, aber wir hatten eine kleine Auseinandersetzung während der Fahrt, und wie das so ist, wirft man sich dann auch mal unkontrolliert etwas an den Kopf."

„Und was genau hattest du ihm damals unkontrolliert an den Kopf geworfen? Das möchte ich jetzt aber schon wissen."

„Das weiß ich nicht mehr so genau, ich glaube, es ging um meine beruflichen Perspektiven", versuchte ich mich herauszuwinden.

„Um deine beruflichen Perspektiven? Und deshalb ist mein Bruder gegen einen Baum gerast und musste sterben? Tut mir leid, Nora, aber dafür habe ich überhaupt kein Verständnis", sagte Andrea mit Tränen in den Augen, stand abrupt auf und verließ uns grußlos.

Ich war wie vor den Kopf geschlagen. Tränen rannen mir augenblicklich über das Gesicht. Jo nahm mich spontan in die Arme. „Ich habe das

Gefühl, du verschweigst uns etwas. Das hat wohl auch Andrea so wahrgenommen. Deshalb solltest du dir am besten alles mal von der Seele reden, was dich belastet. Nur so kannst du auch verlorenes Vertrauen bei Andrea zurückgewinnen."

Holger nickte. „Auch ich war von deiner Schilderung eben geschockt, aber ich fürchte, Mama hat es bis ins Mark getroffen. Sie hat ihren Bruder Björn sehr geliebt und vermisst ihn noch immer. Und sie will dir daher, stellvertretend für ihn, helfen und zur Seite stehen. Ich fürchte, deine selbst eingestandene Mitschuld hat sie aber gerade etwas aus der Bahn geworfen. Aber du hast es ja nicht mit Absicht getan. Ich werde morgen auf jeden Fall mit ihr darüber sprechen und ihr das erklären. Ich bin sicher, sie wird es verstehen, aber heute hätte das bestimmt keinen Zweck."

Jo nickte, „Das glaube ich auch, Nora. Du sprichst dich jetzt am besten mal bei uns beiden richtig aus. Du schleppst doch schon länger etwas mit dir herum, was dich belastet, oder? Also, raus damit."

„Na gut, Jo, einmal muss es ja auch heraus." Ich schilderte den beiden, was ich unmittelbar nach dem Unfall bis zu meiner Reanimierung während meiner Nahtoderfahrung erlebt hatte

(siehe „Ohne die geringste Spur", Seiten 26-28).
„So, jetzt könnt ihr mich meinetwegen für verrückt erklären, aber genau so ist es noch heute bis ins kleinste Detail in meiner Erinnerung. Es waren jedenfalls weder Träume noch Halluzinationen, wie mir die Ärzte weismachen wollten."

Holger sah mich kopfschüttelnd an und erwiderte: „Nein, Tante Nora, das hört sich auch nicht an wie eine Halluzination. Du hattest bestimmt eine Nahtoderfahrung." Auch Jo nickte zustimmend.

„Sagt bloß, ihr habt davon auch schon mal etwas gehört?"

„Natürlich", erwiderte Jo, „alleine in Deutschland haben schon einige Millionen ähnliche Erfahrungen gemacht."

Ein Stein fiel mir vom Herzen. „Ich muss euch gestehen, dass ich sehr froh über eure Reaktion bin, denn man kann darüber eigentlich kaum mit jemand vernünftig reden, ohne gleich als Spinner abgetan zu werden. Bei dir als Geisteswissenschaftler kann ich das ja noch halbwegs verstehen, zumal du ja auch schon ein paar Jährchen auf dem Buckel hast, aber …"

„Ich habe dich auch lieb, Nora", konterte er trocken.

„Entschuldigung, Jo, ich wollte dir damit wirklich nicht zu nahe treten. Aber du, Holger, du bist noch ein sehr junger Mann. Es erstaunt mich, dass gerade du als Student der Ingenieurwissenschaften mich nicht für verrückt erklärst."

„Ich weiß genau, was du damit sagen willst. Auch ich interessiere mich für spirituelle Themen, kann das aber weder bei Freunden noch bei Kommilitonen oder Dozenten ansprechen, ohne für bekloppt erklärt zu werden. Ich habe einige Bücher zum Thema Nahtoderfahrungen gelesen und mir selbst sehr viele Gedanken über Gott und die Welt gemacht. Ich bin übrigens im Gegensatz zu vielen anderen fest davon überzeugt, dass man gerade mit Logik dem Glauben näher kommen kann."

„Dann glaubt ihr also an ein geistiges Weiterleben nach dem körperlichen Tod?"

Die beiden nickten.

„Schön, dass ihr mich darin bestärkt, wobei ich euch vor dem tragischen Unfall deswegen selbst noch ausgelacht hätte. Aber woher nehmt ihr die Gewissheit?"

Jo sah mich kopfschüttelnd an. „Es gibt dafür keine Gewissheit in Form eines untrüglichen Beweises, Nora. Weder dafür, noch dagegen."

„Was ich aber beim besten Willen nicht verstehe ist, dass ich mich selbst dort unten auf der Erde liegen sah. Das ist doch unmöglich, oder?"

„Nur wenn du davon ausgehst, dass dein Geist oder dein Bewusstsein fest in deinem Gehirn verortet ist", erwiderte Holger.

„Ja wo denn sonst, junger Mann?"

„Natürlich befindet sich das Gehirn in unseren Köpfen, wobei man bei manchen Mitmenschen durchaus daran zweifeln könnte. Stellt euch mal das Gehirn als eine zentrale Schalt-, Steuer- und Regeleinheit vor, als einen menschlichen Mikroprozessor meinetwegen. Unser Gehirn überwacht und regelt automatisch alle wichtigen Körperfunktionen und löst auch alle bewussten körperlichen Handlungen und Aktivitäten durch entsprechende Signalimpulse an die betroffenen Körperteile aus. Wenn man aber den Geist ausschließlich im Gehirn verortet, wird man unweigerlich zu dem Schluss kommen müssen, dass es kein Leben nach dem körperlichen Tod und demzufolge auch keine Nahtoderfahrung geben kann. Ich will es noch ein bisschen anschaulicher formulieren. Jeder von uns hat einen PC, ein Notebook, ein Smartphone oder ein I-Pad. Wenn wir das Ding benutzen, lösen unsere Finger auf den Tasten entsprechende Signale unseres Gehirns aus.

Und das wird wiederum von der intelligenten Technik in dieser Zauberkiste in Buchstaben und Zeichen umgesetzt. Falls jemand meine Daten auf dem Notebook löschen oder meinetwegen das Gerät mit einem dicken Hammer zertrümmern würde, hätte er zwar dessen körperliches Ableben besiegelt, aber das würde ja nicht den Tod des geistigen Werkes bedeuten."

„Und wieso nicht, Herr Student?", warf ich ein.

„Ganz einfach, weil man die Daten nicht nur im Gerät selbst, sondern auch auf einer externen Festplatte, auf einem USB-Stick, einem Chip, oder auf einer CD oder meinetwegen auch in der Cloud gespeichert haben könnte."

„Aber wenn ich alle deine Speichermedien auch noch zertrümmern würde, dann wäre doch alles unwiderruflich weg, oder?"

Holger schüttelte lächelnd den Kopf. „Nein, denn der geistige Schöpfer des körperlich zerstörten Werkes befindet sich ja weder im Notebook noch in den Speichermedien. Er hat lediglich davor gesessen und die entsprechenden Signale ausgelöst, und daher könnte er dieses Werk bei Bedarf mit einem anderen Gerät oder meinetwegen per Stift auf Papier noch einmal generieren."

„Du meinst also, dass sich unser Gehirn zwar im Kopf, aber unser Geist oder unser Bewusstsein auch außerhalb unseres Körpers befinden könnte?"

„Genau, denn nur so könnte man sich auch eine Nahtoderfahrung mit Sicht auf den eigenen Körper erklären."

Jo nickte. „Aber wo würde dieses externe Bewusstsein seine Energie zum außerkörperlichen Existieren hernehmen? Ohne Energie geht ja wohl nichts."

„Absolut richtig. Auch dafür ein Beispiel aus den Anfängen der Rundfunktechnik. Damals gab es noch Detektorempfänger, die aus den ausgestrahlten Radiowellen nicht nur das Sendesignal, sondern auch die benötigte Energie für ihren Betrieb herausfilterten. Ein sehr simples Radio also ohne Netzanschluss, Batterie oder Akku. Man brauchte lediglich einen Kopfhörer oder einen kleinen Lautsprecher, um die Radiosignale wahrnehmen zu können. Mit so einem Detektorempfänger möchte ich mal den Geist oder das Bewusstsein außerhalb des menschlichen Körpers vergleichen. Stellt euch bitte mal den Geist oder das Bewusstsein als eine Art externen Detektorempfänger vor, der Steuerungs- und Regelungssignale an unser Gehirn als Empfänger in unserem Körper senden würde, meinetwegen um den rechten Arm zu heben oder einen Gegenstand zu greifen oder ..."

„Oder um sich über geistreiche Ausführungen eines Studenten grübelnd am Kopf zu kratzen", vollendete ich den Satz. „Du hast Jo´s Frage noch immer nicht beantwortet. Wo bekäme dein externer Geistdetektor seine Energie her, du Schlaumeier?"

Holger nickte. „Spätestens jetzt kommt der Glaube an einen Schöpfer als übergeordnete Energiequelle ins Spiel, wie auch immer man ihn bezeichnen mag. Ich gehe davon aus, dass dein Bewusstsein bei der Nahtoderfahrung einem, ich nenne es jetzt einfach mal göttlichen Sender sehr nahe war und dessen intensive und alles durchdringende Liebe verspürt hat. So hast du es uns doch eben selbst geschildert. Auch Liebe und Gedanken stellen bekanntlich eine Energieform dar."

Holgers anschauliche Erklärungen zeigten unverkennbar Wirkung bei Jo und mir. Nachdenklich schwiegen wir eine Weile, bis Jo erwiderte: „Ich glaube, der Junge liegt zumindest nicht grundsätzlich falsch damit. Er hat mir mit seiner Technikerlogik den Glauben jedenfalls noch etwas näher gebracht als bisher."

„Ja, mir auch Jo", erwiderte ich. „Ein hochinteressantes Thema, aber ich muss jetzt unbedingt ins Bett, ihr Lieben. Auch Agathe und die drei Katzen brauchen ihre Nachtruhe."

Holger grinste schelmisch. „Mit anderen Worten, du gehst als lustige Witwe gleich mit mehreren ins Bett, Tantchen."

Jo hielt sich lauthals lachend die Hände vors Gesicht.

„Das habt ihr durchaus richtig erkannt, jetzt aber schleunigst raus mit euch", erwiderte ich.

Schlachtplan

Anfangs der darauf folgenden Woche rief ich meinen Chef im LKA an. „Guten Morgen, Herr Beckmann. Na, wie war Ihr Urlaub?", leitete ich unser Gespräch ein.

„Danke der Nachfrage. Wunderschön wie immer, Frau Horst."

„Wunderschön wie immer? Das klingt gerade so, als hätten Sie irgendwo auf unserem Planeten Ihre Trauminsel gefunden."

„So könnte man es durchaus ausdrücken."

„Und wie heißt Ihre Insel, wenn ich fragen darf?"

„Sie dürfen, Sannerz", bekam ich zur Antwort.

„Sannerz? Nie gehört. Wo liegt die denn?"

„In Hessen."

„In Hessen? Sie wollen mich wohl verkohlen?"

Lautes Lachen am anderen Ende der Leitung. „Nein, nein, das würde mir im Traum nicht einfallen. Mein Inselparadies ist halt nicht von Meer und Wellen, sondern von Festland umgeben."

„Ach so. Und wo liegt Sannerz?"

„Ein kleiner Ortsteil der Gemeinde Sinntal mit etwa 850 Einwohnern, knapp vierzig Kilometer südlich von Fulda."

„Oh je", entfuhr es mir.

„Was heißt denn hier oh je?", bekam ich postwendend zur Antwort.

„Bitte nicht falsch verstehen, Herr Beckmann, ich wollte damit nur zum Ausdruck bringen …"

„… was man um Himmelswillen an einem so kleinen Örtchen irgendwo in Hessen so wunderschön finden kann. Nicht wahr?", vollendete er den Satz für mich.

„Ich … äh … nein …"

„Ihr Gestottere ist aber sehr verdächtig, Frau Horst. Gestehen Sie jetzt am besten, denn das ist ein Verhör."

„Also gut, ich gestehe. Jetzt bin ich aber auch auf Ihre Erklärung sehr gespannt."

„Ganz einfach, ich bin in Sannerz geboren. Meine Eltern leben noch dort und ich habe in Sannerz auch meinen ersten Wohnsitz. Ich liebe den friedlichen kleinen Ort fernab einer immer kälter werdenden Gesellschaft. So empfinde ich es jedenfalls. Umso mehr freue ich mich, wenn ich meinen Koffer für ein paar Tage dort abstellen, mit meiner Hündin Pummel ausgedehnte Spaziergänge in noch weitgehend unberührter Natur machen und mit meinem Pferd Liberty unbeschwert über Felder und durch Wälder reiten kann. So in etwa können Sie sich meine kleine Trauminsel vorstellen."

„Das haben Sie aber wirklich sehr schön formuliert, Herr Beckmann. Man kommt fast ins Schwärmen dabei."

„Na dann muss ich Sie aber ganz schnell in die Realität zurückholen. Was macht denn eigentlich unsere Frauenleiche aus Wiebelskirchen?"

„Die ruht hoffentlich in Frieden. Ich erzähle Ihnen am besten mal, was ich in Oppau in Erfahrung bringen konnte?"

„Na gut, dann schießen Sie mal los", erwiderte er. Er hörte mir aufmerksam zu und machte sich ein paar Notizen. „Na ja, allzu viel ist das ja nicht, aber immerhin wissen wir jetzt, wo wir Anna Bernhard suchen müssen."

„Sie sagen es, aber wie soll ich denn weit über hundert Kilometer von hier entfernt im Mannheimer Rotlichtmilieu nach einer Protistuierten suchen?"

„Sie haben recht, während der üblichen Dienstzeit ist das kaum zu schaffen", erwiderte er.

„Soll ich etwa auf meinem Hexenbesen dort hin und wieder zurück fliegen?"

„Ich glaube nicht, dass sie den für Dienstreisen benutzen dürfen", konterte er trocken. „Aber mit dem Auto nach Mannheim würde ich Sie schon gerne bringen."

„Und dann?"

Er lachte. „Keine Sorge, Frau Horst, ich lasse Sie schon nicht alleine unter einer roten Laterne stehen."

„Zu freundlich."

„Jetzt warten Sie doch mal ab. Ich habe meine Laufbahn bei der Polizei nämlich nicht in Hessen, sondern in Baden-Württemberg begonnen, und

Mannheim war für ein paar Jahre sozusagen mein Revier."

„Jetzt sagen Sie bloß noch, bei der Sittenpolizei?"

„Volltreffer, Frau Horst, ich war tatsächlich bei der Polizeiinspektion für die Verfolgung von Sexualdelikten. Und die Lupinenstraße kenne ich von daher wie meine Westentasche."

„So so, Sie sind also ein Rotlichtexperte."

Einem Kichern aus der Leitung folgte prompt: „Sie sind gerade dabei, Ihre Karriere aufs Spiel zu setzen, Frau Oberkommissarin."

„Ich habe das natürlich nur rein polizeifachlich gemeint, Herr Beckmann."

„Wer´s glaubt, wird selig! Doch Spaß bei Seite, ich verrate Ihnen jetzt, wie wir vorgehen werden. Ich informiere nachher gleich meine ehemaligen Kollegen über den Fall und bitte sie, die Frau Anna …, wie hieß die noch mal mit Nachnamen?"

„Bernhard, Anna Bernhard."

„Danke. Also, ich werde die Kollegen bitten, Frau Bernhard zwecks Zeugenbefragung zu einem bestimmten Zeitpunkt ins Polizeirevier in der Neckarstadt einzubestellen."

„Ich würde Frau Bernhard aber möglichst gerne vernehmen, ohne dass sie vorher schon weiß, um was es geht."

„Na klar, den Überraschungseffekt lassen wir uns auch auf keinen Fall nehmen. Den Kollegen sage ich natürlich, dass sie sich diesbezüglich bedeckt halten sollen."

„Und unter welchem Vorwand wird Frau Bernhard dann zur Vernehmung gebeten?"

„Keine Ahnung, Zeugenbefragung in irgendeiner Verkehrs- oder Strafsache meinetwegen. Das kriegen die schon hin."

„Ihr Wort in Gottes Ohr. Und dann?"

„Und dann fahren wir beide zum verabredeten Zeitpunkt nach Mannheim und werden dort Frau Bernhard vernehmen. So, ich rufe jetzt gleich mal dort an und melde mich wieder bei Ihnen, wenn der Termin steht, Frau Horst", sagte er und legte auf.

Danach ging ich hinaus in den Garten. Holger war dabei, den Gartenteich zu füllen. Er hatte ein paar Teichpflanzen besorgt und sie bereits am Teichboden eingebracht. „Die Pflanzen für die Teichränder und den angrenzenden Bereich besorgst du am besten selbst", schlug er vor.

„Mache ich, Holger. Könntest du bitte mal im Keller nachschauen, denn dort müsste irgendwo noch die alte gusseiserne Gartenbank von deinen Großeltern stehen. Die könntest du mir noch am Teich aufstellen."

„Möchtest du nicht lieber eine neue Bank kaufen? Das alte Ding ist bestimmt morsch und verrostet."

Ich schüttelte den Kopf. „Nein Holger, denn dein Onkel Björn hat es nie übers Herz gebracht, sie zu entsorgen. *Meine Eltern haben früher oft darauf gesessen und uns Kindern beim Spielen zugeschaut. So etwas kann man doch nicht wegwerfen,* hat er immer zu mir gesagt, weil ich sie damals liebend gerne entsorgt hätte. Aber jetzt sehe ich sie auch mit seinen Augen."

„Verstehe. Ich schau mal nach, ob wir sie wieder ein bisschen aufhübschen können." Ein paar Minuten später hatte er sie aus dem Keller an den Teich geschleppt. „Verrostet wie erwartet, und drei Holzlatten müssen auch erneuert werden", stellte er fest. „Aber das kriege ich schnell wieder hin."

„Das würde mich freuen", erwiderte ich, zog aus meiner Brieftasche ein paar Geldscheine und drückte sie ihm in die Hand. „Reicht das?"

„Wofür denn?"

„Na für all die Kosten, die du hattest. Sag mir bitte, falls noch was fehlen sollte."

Er schüttelte den Kopf. „So stimmt´s schon, Tante Nora."

„Aber das kann doch nicht sein, die Teichfolie und der Sand und die Pflanzen und …"

„Ist alles im Preis drin."

„Und die Kosten für den Minibagger?"

„Schon bezahlt."

„Wieso das denn?"

„Florian und ich haben bei seinen Eltern eine Satellitenanlage fürs Fernsehen installiert. Deshalb hat uns Florians Vater auch keine Kosten für den Minibagger in Rechnung gestellt, zumal wir den ja auch nur für ein paar Stunden hatten."

„Aber Florian hat doch mitgeholfen. Gib ihm dann wenigstens ein bisschen Geld dafür."

„Nicht nötig, wir beide helfen uns immer gegenseitig, und keiner von uns möchte vom anderen etwas dafür haben."

„Und du? Du als Student kannst doch immer etwas Geld gebrauchen."

„Das ist wohl wahr, und ich bin auch sehr froh darüber, dass du mich deswegen ohnehin schon regelmäßig unterstützt. Lass es jetzt aber mal gut sein, Tante Nora."

„Na schön, dann machen wir wenigstens ein zünftiges Einweihungsfest, wenn alles fertig ist."

„Endlich hast du mal eine vernünftige Idee, liebes Tantchen. Ich schau gleich mal im Keller nach, ob ich noch etwas Farbe für die Bank und ein paar Holzlatten finde. Wie ich Onkel Björn kenne, werde ich garantiert fündig."

„Garantiert, Holger, dein Onkel war in solchen Dingen nämlich ein richtiger Messie."

Schon am nächsten Abend saß ich auf der frisch renovierten Gartenbank vor dem Teich und schaute Agathe zu, die sich im Wasser tummelte und ausgiebig ihr Gefieder putzte. Man merkte ihr förmlich an, wie glücklich sie in ihrem Element war. Die Hühner liefen, wie immer auf der Futtersuche, gackernd durch die Gegend und die Katzen hatten es sich neben mir auf der Bank gemütlich gemacht. Die untergehende Sonne hüllte Garten und Teich in ein goldfarbenes Licht und ich spürte plötzlich, wie mich die Wehmut packte. Für kurze Zeit schloss ich die Augen, um aufkommenden Tränen keine Chance zu geben.

Eine Gänsehaut überfiel mich und mir war gerade so, als würde ich Björn dicht neben mir spüren. „Ich hoffe, Agathes Teich gefällt dir und es geht dir gut dort oben, wo du bist", flüsterte ich leise. Dann gab ich mir einen Ruck und ging ins Haus zurück, gefolgt von einer watschelnden Graugans, in deren Schlepptau drei Stubentiger hinterher trotteten.

Auf nach Mannheim

Zwei Tage später rief mich mein Chef an. „Nächsten Mittwoch geht´s los, Frau Horst."

„Was geht los, Herr Beckmann?"

„Na was wohl, auf nach Mannheim sage ich nur. Der Vernehmungstermin ist auf den frühen Nachmittag festgelegt worden. Ich komme Sie so gegen zwölf Uhr in Neunkirchen abholen. Packen Sie bitte ein paar Sachen für sich ein, falls wir über Nacht bleiben müssen. Ich habe bei unserer Heeresleitung vorsorglich mal zwei Tage für uns beantragt. Man weiß ja nie, wie so eine Vernehmung läuft und ob gleich etwas Verwertbares dabei herauskommt. Außerdem könnten wir natürlich nicht noch einmal aus dem Saarland anreisen."

„Über Nacht? Damit hatte ich jetzt aber nicht gerechnet. Sie lockt wohl das Mannheimer Nachtleben?"

„Ha ha, glauben Sie denn im Ernst, ich würde dann auch noch eine Zeugin mitnehmen?"

„Wer weiß? Wenigstens könnten Sie sich schon mal über die Höhe des Schweigegeldes ein paar Gedanken machen."

„So eine sind Sie also, Frau Horst. Wenn ich es mir recht überlege, wären auch Sie in der Lupinenstraße ganz gut aufgehoben."

„Okay Chef. Ich schlage vor, wir wechseln besser das Thema."

„Ihr Glück! Also dann bis nächsten Mittwoch. Und noch was: Bleiben Sie einfach so, wie Sie sind, Frau Horst", erwiderte er lachend und legte auf.

Auf der Fahrt nach Mannheim die Woche darauf unterhielten wir uns ausgiebig über den Fall. Sven Beckmann sah mich mit kritischen Augen von der Seite an und fragte: „Glauben Sie wirklich, dass Anna Bernhard uns im Fall Lena Wolter auf die Sprünge helfen kann, Frau Horst."

„Warum fragen Sie? Ich meine, es war ja schließlich Ihre Idee, so vorzugehen."

Er seufzte laut. „Richtig, aber man hat mir mittlerweile im LKA deutlich zu verstehen gegeben, dass der ohnehin schon schmale Reiseetat dort nicht noch mit übermäßigen Kosten für Dienstreisen in Cold Case Fällen belastet werden sollte. Das ärgert mich schon sehr, denn einerseits will man sich liebend gerne mit guten Ermittlungsergebnissen schmücken, um andererseits den dafür zwingend notwendigen Aufwand zu scheuen. Was sagen Sie denn dazu?"

„Typisch Öffentlicher Dienst, bei weitem nicht nur bei der Polizei! Man gibt das Geld viel lieber für lukrative Pöstchen treu Ergebener und natürlich auch für öffentlichkeitswirksame PR-Maßnahmen aus. Ich kenne es nicht anders. Damit wäre alles gesagt, Herr Beckmann."

„Sie haben vollkommen recht. Doch zurück zu unserem Fall. Was hat Ihrer Meinung nach Anna Bernhard mit dem Verschwinden Ihrer Zwillingsschwester Lena Wolter zu tun?"

Ich zuckte mit den Schultern. „Na ja, da wäre zum einen die Auskunft von Herrn Reinermann, nach der sich die Lena bei ihm in Richtung Oppau verabschiedet hat, bevor sie damals spurlos verschwunden ist."

„Gut. Und was noch?"

„Wir wissen zwar nicht genau, wie und wann Lena zu Tode gekommen ist, aber als die Feier damals in der Gartenlaube in Wiebelskirchen endete, blieben nur noch ihre Zwillingsschwester und sie dort zurück. Möglicherweise war Anna die Letzte, die Lena noch lebend gesehen hat."

„Glauben Sie, dass Anna vielleicht ihre Schwester umgebracht haben könnte?"

„Was heißt glauben, das wäre zu weit gegriffen, zumal dafür auch kein Grund erkennbar ist, zumindest nach derzeitigem Kenntnisstand. Die beiden hatten wohl eine sehr innige Beziehung zueinander. Aber völlig ausschließen kann man es andererseits auch nicht."

„Alles klar. Ich denke, ich bin jetzt ausreichend informiert. Ich werde zwar die Vernehmung eröffnen und mich auch bei Bedarf mit Fragen einschalten, aber die Federführung möchte ich Ihnen eigentlich gerne überlassen, weil Sie weitaus tiefer in der Materie drin sind als ich."

„Vielen Dank für ihr Vertrauen, Herr Beckmann."

„So, da wären wir schon, pünktlich wie die Maurer an Feierabend", sagte er, als wir vor dem Polizeirevier in der Neckarstadt vorfuhren. Die Kollegen dort hatten einen separaten Raum zur Vernehmung für uns reserviert. Ein kleiner Schreibtisch, den ein überdimensionaler Monitor zierte, daneben ein Telefon, Schreibmaterial und in einer Zimmerecke ein Besuchertisch mit einer Kanne Kaffee und ein paar alkoholfreien Getränken. Wir nahmen am Besuchertisch Platz.

„Mögen Sie auch einen Kaffee?", fragte mein Chef und schenkte ohne eine Antwort abzuwarten zwei Tassen Kaffee ein.

„Ich bin mal gespannt, ob Frau Bernhard tatsächlich erscheinen wird", sagte ich.

„Da bin ich mir sicher. Die Damen vom horizontalen Gewerbe kooperieren in aller Regel gut mit der Polizei, zumindest so lange, wie man ihnen selbst nichts vorwirft. Und die Zuhälter legen sich auch möglichst nicht mit der Polizei an."

„Haben denn alle Prostituierten einen Zuhälter?"

„Nicht alle, aber die meisten schon, Frau Horst."

Kurz darauf führte ein Beamter die Gesuchte herein.

„Guten Tag, Frau Bernhard. Sie heißen doch Anna Bernhard, oder?", leitete Sven Beckmann das Gespräch ein.

Er bekam nur ein stummes Nicken zur Antwort. „Was wollen Sie denn eigentlich von mir?", schob sie launig nach.

Sie trug eine schwarze hautenge Jeanshose, Stöckelschuhe, ein rotes Oberteil und darüber eine Jeansjacke. Ihren Kopf zierte eine aschblonde Langhaarfrisur. Obwohl sie schon über Vierzig war, hatte sie noch eine makellose Figur. Ein auffallend hell geschminktes Gesicht im Kontrast zu den dunkler betonten Augenpartien verliehen ihr einen fast dämonisch wirkenden Gesichtsausdruck.

„Mögen Sie auch einen Kaffee?", fragte ich.

Sie schüttelte abweisend den Kopf. „Man hat mir gesagt, dass es nur um eine kurze Befragung geht. Kommen Sie bitte gleich zur Sache, denn ich habe wenig Zeit."

„Also gut, Frau Bernhard, dann falle ich gleich mal mit der Tür ins Haus. Sie haben doch eine Zwillingsschwester, nicht wahr?", erwiderte ich und sah sie mit durchdringenden Blicken dabei an. Obwohl sie sich krampfhaft bemühte, sich nichts anmerken zu lassen, war ein leichtes Zittern ihrer Hände nicht zu übersehen, worauf sie diese hastig unter dem Tisch zu verbergen versuchte.

Ein stummes Nicken, gefolgt von einem: „Und warum fragen Sie mich das?", bekam ich zur Antwort.

Ich ging bewusst nicht auf die Frage ein. „Wissen Sie, wo sich Ihre Schwester momentan aufhält, Frau Bernhard?"

Sie schüttelte den Kopf. „Keine Ahnung, wir haben uns seit vielen Jahren nicht mehr gesehen."

„Und warum nicht?"

Sie zuckte mit den Schultern. „Keine Ahnung, wir haben uns irgendwann aus den Augen verloren."

„Hatten Sie etwa Streit miteinander?"

Trotz aller Bemühungen, sich unter Kontrolle zu halten, war ihre Nervosität unverkennbar. „Ich weiß nicht, was diese ganze Fragerei soll. Lassen Sie mich damit doch in Ruhe", versuchte sie, den Ball zurückzuspielen.

„Wo und wann haben Sie Ihre Schwester zum letzten Mal gesehen, Frau Bernhard?", klinkte sich mein Chef in die Befragung ein.

Sie starrte für ein paar Sekunden krampfhaft unter sich. Ein paar Schweißperlen standen ihr auf der Stirn, die sie mit den Handrücken betont unauffällig abzuwischen versuchte. „Das muss schon weit über zehn Jahre her sein. Ich war zu ihr auf Besuch im Saarland. Mehr fällt mir nach so langer Zeit nicht mehr dazu ein."

„Aha, und wo genau war das im Saarland?",
schob Beckmann nach.

„In Neunkirchen. Sie hatte dort gewohnt."

„Sie hatte dort gewohnt, sagen Sie. Und wo
wohnt sie jetzt?", wiederholte ich bewusst die
eingangs bereits gestellte Frage, was Sie offenbar
völlig aus der Fassung brachte.

„Wie oft soll ich es Ihnen noch sagen, ich
weiß es nicht", herrschte sie mich an.

„Wo genau in Neunkirchen waren Sie zum
letzten Mal mit ihr zusammen?"

„Na in ihrer Wohnung in der Wellesweiler
Straße halt."

„Schön, dass Sie sich nach so langer Zeit immerhin noch an den Straßennamen erinnern. Und
die Hausnummer?"

Sie sah mich sichtlich erschrocken an und
schüttelte den Kopf. „Tut mir leid, das weiß ich
wirklich nicht mehr?"

„Könnte ihr letztes Zusammentreffen nicht
auch in einer Gartenlaube in Wiebelskirchen gewesen sein, Frau Bernhard?", meldete sich mein
Chef zu Wort. „Wir haben diesbezüglich nämlich
eine entsprechende Zeugenaussage."

Ich biss mir fast auf die Lippen bei dieser Bemerkung, die so jedenfalls nicht zutreffend war. *Ist es ihm nicht bewusst oder pokert er jetzt einfach ein bisschen?,* schoss mir spontan durch den Kopf. Doch ich versuchte, mir nichts anmerken zu lassen. „Kann ich Sie bitte mal kurz unter vier Augen sprechen, Herr Beckmann", fragte ich.

Er nickte. „Ich schlage vor, wir machen eine kurze Pause. Bleiben Sie bitte hier im Zimmer, Frau Bernhard", erwiderte er, bevor wir den Raum verließen.

Ich zog ihn im Flur ein paar Meter von der Tür weg und flüsterte ihm zu: „Ich muss Sie darauf hinweisen, dass …"

„Nein, das müssen Sie nicht", unterbrach er mich. „Ich weiß schon, was Sie jetzt sagen wollen. Wir wissen ja überhaupt nicht, ob es das letzte Zusammentreffen zwischen den beiden war."

„Eben drum!"

„Aber lassen Sie uns doch einfach mal testen, wie Sie darauf reagieren wird." Sein Grinsen sprach Bände dabei. „Wir lassen Sie jetzt ganz bewusst noch eine Viertelstunde zappeln und setzen dann unsere Vernehmung fort. Ich sehe mich einstweilen mal nach einer Herrentoilette um."

„Gute Idee. Ich folge Ihnen stehenden Fußes, denn dort dürfte dann ja wohl auch eine Damentoilette zu finden sein."

„Sehr gut kombiniert, Frau Horst. Na dann mal los." Als wir ein paar Minuten später wieder in den Vernehmungsraum zurückkehrten, war unserer Gesprächspartnerin noch immer eine innere Anspannung anzumerken. „So, Frau Bernhard, Sie hatten ja jetzt ausreichend Zeit, sich an das letzte Treffen mit Ihrer Zwillingsschwester in der Gartenlaube zu erinnern. Schildern Sie uns doch bitte mal, was dort passiert ist", setzte Beckmann die Befragung fort.

Sie schüttelte scheinbar verständnislos den Kopf. „Eine Gartenlaube, sagen Sie … ich wüsste nicht wieso …"

„Es muss nach sicheren Informationen auf einer Vereinsfeier vom Boxclub Neunkirchen gewesen sein", schob er nach.

„Ach ja, jetzt, wo Sie es sagen, fällt es mir auch wieder ein", erwiderte sie hastig. „Aber warum fragen Sie mich das alles?"

„Ich will es Ihnen verraten, Frau Bernhard. In dieser Gartenlaube wurde die im Boden verscharrte Leiche Ihrer Zwillingsschwester Lena Wolter gefunden. Was wissen Sie darüber?"

„Ich? Oh Gott … ich weiß nicht, was ich dazu sagen soll", stammelte sie. „Das ist ja furchtbar, einfach furchtbar." Sie fing für meine Begriffe plötzlich an, etwas zu theatralisch zu Schluchzen, schob beide Hände schützend vor ihr Gesicht und wischte sich ein paar imaginäre Tränen aus den Augen. Eine gute Schauspielerin war sie jedenfalls nicht.

„Sie stehen unter dem Verdacht, dass Sie mit dem Tod Ihrer Zwillingsschwester Lena Wolter etwas zu tun haben könnten, Frau Bernhard. Was sagen Sie dazu?" Beckmann hatte sich ihr bei diesen Worten weit über den Tisch entgegengebeugt und fixierte sie mit durchdringenden Blicken.

Kopfschüttelnd senkte sie den Kopf. „Nein, das ist nicht wahr. Wirklich nicht. Ich schwöre, dass ich mit dem Tod von Lena Wolter nichts zu tun habe. Bitte glauben Sie mir das."

Beckmann sah mich fragend an. Ich versuchte möglichst unauffällig mit den Schultern zu zucken. Dann blickte er auf die Uhr über dem Schreibtisch. „Es ist leider schon sehr spät geworden und Sie verschweigen uns ganz offensichtlich in diesem Fall wichtige Informationen, die zur Aufklärung des Falls benötigt werden. Wir werden die Befragung daher morgen früh fortsetzen müssen und kommen leider auch im Hinblick auf Ihre Lebensweise und Ihr persönliches Umfeld um eine vorläufige Festnahme nicht umhin. Bedenken Sie in Ihrem eigenen Interesse, dass Sie mit Ihrem Schweigen selbst einen Tatverdacht gegen sich implizieren. Sie werden morgen früh noch einmal Gelegenheit erhalten, etwas zur endgültigen Aufklärung des Falls beizutragen. Wir sehen uns um Neun Uhr an gleicher Stelle wieder. Bitte nutzen Sie die Zeit, um Ihr Gedächtnis etwas aufzufrischen. Eine Gewahrsamszelle über Nacht ist zwar nicht mit einem komfortablen Hotelzimmer zu vergleichen, aber für die kurze Zeit lässt es sich auch dort recht gut aushalten."

Nachdem wir das Polizeirevier verlassen hatten und ins Auto eingestiegen waren, hielt ich es nur kurze Zeit schweigend aus. „Sie wissen aber schon, dass Ihre vorläufige Festnahme nach der Strafprozessordnung auf wackligen Füßen steht, Herr Beckmann?"

Er nickte. „Natürlich weiß ich das, Frau Horst. Aber wir hätten selbst mit einer längeren Vernehmung heute wohl kaum noch etwas erreicht, obwohl die Dame eindeutig kalte Füße bekommen hat. Das war ja wohl klar zu erkennen."

„Richtig. Wir sollten uns für morgen möglichst eine etwas andere Strategie ausdenken."

„Super Idee! Und welche?"

„Wenn ich das bloß wüsste", erwiderte ich.

„Wem sagen Sie das? Aber dafür weiß ich jetzt umso besser, dass ich einen Bärenhunger habe. Ich schlage vor, dass wir irgendwo noch etwas zu Abend essen, bevor wir ins Hotel fahren. Ich kenne da ein gemütliches und auch etwas exotisches Speiserestaurant außerhalb der Innenstadt am Neckarufer. Von dort hat man einen herrlichen Ausblick auf den Neckar. Und im Lokal selbst gibt es auch noch einiges zu sehen. Sie sind natürlich eingeladen, Frau Horst."

„Das klingt ja vielversprechend, aber nur bei getrennten Kassen."

Schmunzelnd erwiderte er: „Lassen Sie uns darüber bitte nach dem Essen streiten."

Der Chamäleon-Effekt

Vom Lokal am Neckarufer aus hatte man tatsächlich einen herrlichen Blick auf den Fluss. Auf der Wasseroberfläche spiegelte sich die langsam untergehende Sonne. Sanfter Wellengang, von ein paar vorbeiziehenden Booten erzeugt, warf die schräg einfallenden Sonnenstrahlen in unterschiedliche Richtungen und schien den Neckar in ein glitzerndes Leuchtband zu verwandeln. Im Innenraum waren ein paar Tischgruppen durch hohe Terrarien voneinander abgetrennt, die Echsen, Schlangen, Schildkröten und noch einige andere Reptilien beherbergten. Mein Chef hatte nicht zu viel versprochen.

„Terrarien als transparente Raumteiler mit lebendem Inhalt, eine tolle Idee. Finden Sie nicht auch, Frau Horst. Was möchten Sie denn am liebsten sehen?", fragte er.

„Ich kenne mich bei Reptilien einfach zu wenig aus", erwiderte ich. „Gibt es vielleicht irgendwo ein Chamäleon? Das würde mich nämlich interessieren. Ich habe zwar schon eins im Zoo gesehen, aber leider noch nie, wie so ein Tier die Farbe wechselt."

„Na dann kommen Sie mal mit. Es ist zum Glück noch nicht viel los hier. Wir können uns also den Tisch noch aussuchen." Er deutete auf einen Tisch in einer Ecke des Lokals, an dem wir Platz nahmen. „Ich hatte in jungen Jahren zu Hause übrigens auch ein Chamäleon, weil mich diese Mini-Leguane schon immer fasziniert haben. Aber die Haltung der Tiere ist leider sehr aufwändig. Sie brauchen lebende Insekten als Nahrung und sind ansonsten auch ziemlich empfindlich, was ihre Unterbringung anbetrifft. Leider hatte ich damals nicht allzu lange Freude daran. Nach knapp einem Jahr lag Jekyll nämlich eines Morgens tot im Terrarium. Ich weiß bis heute nicht, woran er eigentlich gestorben ist."

„Jekyll? Das ist aber ein ungewöhnlicher Name für ein Tier."

„Finden Sie? Ich hätte ihn auch Mister Hyde nennen können, weil er eigentlich ein richtig braver Geselle war. Doch wenn in seiner Umgebung etwas nicht so war, wie es sein sollte, oder wenn er sich bedroht gefühlt hat, hat er sich in ein kleines, dunkles und fauchendes Monster verwandelt."

„Ach so, jetzt verstehe ich. Sie meinen die gruselige Geschichte von Dr. Jekyll und Mister Hyde?"

„Genau. So habe ich übrigens die beiden Chamäleons hier im Terrarium auch getauft. Natürlich nur für mich."

Ich versuchte vergeblich, die Tiere zu entdecken. „Wo verstecken sich denn die beiden, wenn ich fragen darf?"

„Sie dürfen. Der eine sitzt ganz unten rechts in der Ecke, und der andere ein Stück weiter oben auf dem Ast. Sie müssen schon ganz genau hinschauen, denn die Tiere bewegen sich jetzt gerade nicht und haben sich ihrer Umgebung auch entsprechend angepasst", erwiderte er. „In einem Terrarium sind sie ohnehin ein bisschen bewegungsarm."

„Wo kommen diese Tiere eigentlich her?"

„Beheimatet sind die meisten Arten, und es gibt davon viele, hauptsächlich in Afrika. Aber lassen Sie uns erst einmal etwas zu essen bestellen. Also ich nehme eine Portion Spaghetti, die sind hier wirklich zu empfehlen. Und Sie?"

„Na, wenn Sie es sagen, dann probiere ich die auch."

„Schön. Trinken wir ein Glas Wein dazu?"

„Gerne, aber Sie müssen ja noch Auto fahren, möchte ich zu bedenken geben."

„Liebe Frau Horst, Sie gönnen mir offenbar überhaupt nichts. Erstens ist ein Glas Wein nun wirklich kein Problem ..."

„Und zweitens?"

„Und zweitens sind wir beide nicht mehr im Dienst und haben Feierabend. Und drittens ..."

„Ja?"

„Und drittens kenne ich auch die Kollegen von der Verkehrspolizei noch recht gut", erwiderte er und grinste mich übermütig dabei an.

„Also gut, was auch immer Sie damit andeuten wollen, ich sage nur: Auf Ihre Verantwortung." Beim Essen unterhielten wir uns noch ein bisschen über den Fall. „Das wird nicht einfach, Herr Beckmann. Sie weiß sicherlich mehr, als sie uns heute erzählt hat, aber wir haben keine Handhabe, sie noch länger festzuhalten."

Er nickte. „Richtig. Wir konfrontieren sie halt noch einmal mit den gleichen Fragen, weil mir leider keine erfolgversprechendere Strategie einfehlt. Spätestens nach zwei Stunden brechen wir ab, falls wir nichts Substanzielles in Erfahrung bringen können. Nur falls sich morgen konkrete Verdachtsmomente gegen Anna Bernhard ergeben würden, sähe ich eine Chance, den Fall doch noch zu lösen. Aber ich denke, wir sollten uns jetzt langsam auf den Weg in unser Hotel machen und erst mal eine Runde schlafen. Es war ein langer Tag heute und ich bin offen gestanden hundemüde."

„Geht mir auch so", erwiderte ich und wollte gerade aufstehen, als das untere Chamäleon langsam den Ast hochzuklettern begann und sich seinem Partner nahezu spiegelgleich gegenübersetzte. „Schauen Sie mal, Herr Beckmann, so wie die beiden dasitzen sehen sie fast wie zwei Hälften eines Herzens aus. Finden Sie nicht auch?"

„Na ja, mit etwas Phantasie vielleicht. Aber vielleicht sollte ich noch ein Glas Wein trinken, damit auch ich es deutlicher erkenne."

„Unterstehen Sie sich. Im Hotel können Sie meinetwegen noch etwas trinken, aber dort möchte ich wenigstens unversehrt ankommen."

„Zu gütig, Frau Oberkommissarin. Na dann sollten wir uns aber schleunigst auf den Weg machen. Apropos Chamäleon, haben Sie schon mal was vom Chamäleon-Effekt gehört?", fragte er, als wir im Auto saßen.

Ich schüttelte den Kopf. „Nicht dass ich wüsste. Aber Sie werden es mir jetzt bestimmt verraten, oder?"

Er grinste über das ganze Gesicht. „Na klar, man soll ja seinen Mitarbeitern auch Gelegenheiten zur Weiterbildung bieten, wie man uns in einem Führungsseminar vermittelt hat. Wie Sie wissen, sind Chamäleons in der Lage, ihre Farbe unter bestimmten Voraussetzungen zu verändern, um sich beispielsweise ihrem Umfeld anpassen zu können. Das praktizieren aber nicht nur Chamäleons, sondern auch Menschen, wenn auch nicht mit Farbänderungen der Haut, es sei denn, man liefe vor Wut rot an wie eine Tomate oder würde kreidebleich werden vor Schreck. Das sind allerdings unbewusste Reaktionen. Der Chamäleon-Effekt in Bezug auf uns Menschen resultiert aus unserem grundsätzlichen Bedürfnis nach Harmonie und Symmetrie, das uns dazu verleitet, meist unbewusst einen sympathischen Mitmenschen in Sprache, Gestik oder Mimik, aber auch in Bezug auf Meinungen, Ansichten, Vorlieben und vieles mehr nachzuahmen. So lachen wir beispielsweise unbewusst mit, wenn unser Gegenüber lacht. Wir sind aber auch von Geburt an darauf programmiert, Gesehenes oder Gehörtes nachzuahmen, um beispielsweise Gehen oder Sprechen zu lernen. Den Sympathiegewinn durch Nachahmen macht man sich in vielen Bereichen aber auch ganz bewusst zunutze, beispielsweise ein Verkäufer in Verkaufsgesprächen mit Kunden oder im Bereich der Werbung, die man ganz gezielt auf das Kundenniveau ausrichtet." Er schwieg für ein paar Sekunden, fing plötzlich an zu schmunzeln und fuhr ohne mich anzusehen fort: „Man könnte sich aber auch der Karriere wegen einem Vorgesetzten gegenüber chamäleonartig verhalten."

„Na, da bin ich aber froh, dass meine Karriereerwartungen ebenso sinnlos wie hoffnungslos sind", entfuhr es mir, worauf wir beide in schallendes Gelächter ausbrachen.

„So, da wären wir", sagte er, als wir auf den Parkplatz eines relativ kleinen Hotels fuhren. „Ich haue mich gleich nach der Anmeldung in die Falle, Frau Horst. Wir sehen uns ja morgen beim Frühstück. Sagen wir gegen halb acht, damit wir uns im Vorfeld der Vernehmung vielleicht noch einmal in Ruhe unterhalten können?"

„In Ordnung. Ich lege mich auch gleich ins Bett, denn mir tun nach dem langen Tag alle Knochen weh."

„Oh, das tut mir aber sehr leid. Dann wünsche ich Ihnen eine gute und erholsame Nacht, Frau Horst."

„Danke ebenso, Herr Beckmann."

Das Hotelzimmer war relativ klein und zweckmäßig, mit anderen Worten unserem Reisekostenetat entsprechend, eingerichtet. Auch die Zimmertemperatur schien sich dem anzupassen. Ich nahm noch kurz eine warme Dusche und schlüpfte dann hastig unter die Bettdecke. Schon kurze Zeit später war ich in einen tiefen Schlaf versunken.

Träume sind Schäume

Mitten in der Nacht wachte ich schweißgebadet
auf. Ein wirrer Traum hatte mich aus dem Schlaf
gerissen. Ich sah mich durch einen dunklen Wald
laufen, als von links und rechts je ein Chamäleon
meinen Weg kreuzte. Beide Tiere kletterten auf
einen Baum vor mir, der mir den Weg versperrte.
Dort saßen sie sich eine Weile auf einen ver-
zweigten Ast gegenüber, gerade so wie im Lokal
gestern Abend. Die Tiere saßen völlig regungslos
da und fixierten sich. Von beiden konnte man nur
die dunklen Konturen vor dem fahlen Mondlicht
erkennen. Plötzlich schleuderte das Chamäleon
zur Linken seinem Artgenossen seine lange Zun-
ge entgegen und verschlang diesen von einer Sekunde auf die andere. Danach färbte es sich glut-
rot und fing an, auch mich zu fixieren, worauf ich
in Panik laut zu schreien und wegzulaufen versuchte. Doch ich brachte keinen Laut heraus und
war wie gelähmt, bis ich schlagartig aufwachte.
Ich war von diesem Traum derart aufgewühlt,

dass an ein Einschlafen nicht mehr zu denken war. Lange wälzte ich mich im Bett und grübelte über den Sinn dieses merkwürdigen Traums nach. Seit Björns Tod maß ich meinen Träumen weitaus mehr Bedeutung zu als früher, zumal ich mich früher ohnehin höchst selten an einen Traum erinnern konnte. Doch jetzt hatte ich intuitiv das Gefühl, dass mir mit derartigen Träumen Hilfe in Problemfällen zuteil werden sollte. *Unsinn, Nora,* versuchte ich mich selbst deswegen zurechtzuweisen, was mir aber nicht wirklich gelang. Ich konnte darüber ja auch mit niemand reden, ohne gleich für verrückt erklärt zu werden. Doch dann, von einer Sekunde auf die andere, hatte ich sie schlagartig im Kopf, eine schlüssige Erklärung für so viele Ungereimtheiten im Fall Lena Wolter. Sie erschien mir aber selbst so unwahrscheinlich, dass ich sie wieder zu verdrängen versuchte. Irgendwann muss ich dann noch einmal eingeschlafen sein.

Als ich am nächsten Morgen zur verabredeten Zeit zum Frühstück erschien, saß mein Chef schon am Tisch. Er musterte mich kritisch von oben bis unten.

„Was ist denn mit Ihnen passiert, Frau Horst? Sie sehen ja aus, als hätten Sie die ganze Nacht auf der Lupinenstraße verbracht."

„Vielen Dank. Ich bewundere immer wieder Ihren umwerfenden Charme, Herr Beckmann."

Er grinste verlegen. „Sorry, bitte nicht falsch verstehen, aber das ist mir gerade so rausgerutscht. Das kommt davon, wenn man sich die halbe Nacht mit diesem blöden Fall beschäftigt hat und trotzdem zu keiner vernünftigen Lösung gekommen ist", versuchte er sich zu entschuldigen.

„Sehr schön, dann sind wir ja schon zu Zweit."

„Konnten Sie deswegen etwa auch nicht gut schlafen?"

Ich nickte. „Ein wirrer Traum mit einer ungewöhnlichen Lösung unseres Falls hat auch mich die halbe Nacht beschäftigt."

„Da bin ich aber sehr gespannt. Erzählen Sie doch mal."

„Sie würden mich danach aber garantiert für verrückt erklären, Herr Beckmann."

Er winkte ab. „Hab´ ich doch schon längst. Also raus mit der Sprache."

Ich musste unwillkürlich lachen. „An Ihnen ist wirklich ein Diplomat verloren gegangen. Also gut, dann hören Sie mir bitte zu", begann ich meine Erzählung, der er aufmerksam folgte, ohne mich zu unterbrechen.

Als ich fertig war, starrte er für ein paar Sekunden aus dem Fenster. Dann kratzte er sich am Hinterkopf, stand auf und ging wortlos zum Frühstücksbuffet. Mit zwei Portionen Müsli kam er zurück. „Mögen Sie auch?", fragte er und stellte ein Schüsselchen ohne eine Antwort abzuwarten vor mir auf den Tisch.

„Gerne. Vielen Dank. Was halten Sie denn von meiner Traumdeutung?"

„Merkwürdig, wirklich sehr merkwürdig, aber andererseits auch nicht völlig abwegig", erwiderte er. „Nichts ist unmöglich, heißt es nicht umsonst auch in der Werbung. Aber selbst wenn es so wäre, wie könnten wir ihr das denn nachweisen?"

„Es gäbe da vielleicht eine Möglichkeit, Herr Beckmann."

„Und welche?"

„Ihnen auch das noch zu erklären würde jetzt zu weit führen. Wir müssen nämlich gleich los, wenn wir nicht zu spät zu unserer eigenen Vernehmung kommen wollen. Ich würde vorschlagen, dass wir sie zunächst im ursprünglichen Sinne weiterführen. Nur falls uns das nicht weiterbringen sollte, würde ich meine Trumpfkarte aus dem Ärmel ziehen. Ich hoffe zumindest, dass es eine ist."

„Also gut, Frau Horst. Ich verlasse mich diesbezüglich ganz auf Sie, denn wir haben in diesem Fall schließlich nichts mehr zu verlieren. Denn wenn wir unverrichteter Dinge ins Saarland zurückkommen sollten, werde ich mich wohl mit einem Job als Streifenpolizist abfinden müssen."

„Sie Ärmster, aber dann wären Sie wenigstens jeden Tag an der frischen Luft."

„Danke, ich mag Sie auch sehr, Frau Horst. Na dann mal los."

Die Finte

Kurz vor Neun waren wir wieder im Vernehmungsraum. Anna Bernhard saß schon am Tisch, vor sich eine Tasse dampfenden Kaffee.

„Oh, so einen könnte ich jetzt auch vertragen. Guten Morgen, Frau Bernhard. Ich hoffe, Sie haben gut geschlafen", begrüßte ich sie.

„Wie könnte ich das, in so einer schäbigen Polizeizelle, und das Geschäft haben Sie mir auch noch verdorben. Wenn ich das Revier nicht spätestens in zwei Stunden verlassen kann, werde ich nur noch in Anwesenheit meines Anwalts mit Ihnen sprechen. Den habe ich leider gestern nicht mehr erreichen können."

„Keine Sorge, Frau Bernhard, länger als vierundzwanzig Stunden könnten wir Sie ohne triftigen Grund ohnehin nicht hier festhalten", versuchte sie mein Chef zu beruhigen.

„Es gibt auch keinen triftigen Grund. Wir können uns daher jedes weitere Gespräch ersparen."

„Haben Sie doch bitte auch ein bisschen Verständnis für uns, Frau Bernhard", schaltete ich mich ein. „Wir sind extra aus dem Saarland angereist, um in diesem mysteriösen Fall weitere Informationen über ihre Zwillingsschwester in Erfahrung zu bringen. Sie sagen uns einfach, was Ihnen dazu einfällt, und wenn uns das nicht weiterhelfen kann, dann schließen wir den Fall halt ohne Ermittlungsergebnis ab. Das ist gerade bei Altfällen wie diesem durchaus keine Seltenheit."

Meine verbale Beruhigungspille schien Wirkung zu zeigen. Sie nickte jedenfalls und fragte: „Was wollen Sie denn noch wissen?"

„Schildern Sie uns doch bitte noch einmal ausführlich Ihr letztes Zusammentreffen mit Lena und ob Sie danach noch Kontakt zu ihr hatten, telefonisch zum Beispiel", erwiderte ich.

Sie schüttelte den Kopf. „Nein, nach unserem letzten Treffen in der Gartenlaube habe ich nichts mehr von ihr gesehen und gehört." Sie berichtete noch einmal über die letzten Tage, die sie beide zusammen in Neunkirchen verbracht hatten. „Wir haben am letzten Tag bis in die Nacht gefeiert und ich bin am frühen Morgen gleich von dort aus nach Oppau zurückgefahren", schloss sie ihre Ausführungen ab.

„Hat Lena Wolter zu diesem Zeitpunkt noch gelebt?"

Sie nickte.

„Sind Sie sich dessen ganz sicher und könnten Sie das im Zweifelsfall auch vor Gericht beeiden?"

„Jederzeit!"

Mein Chef sah mich mit großen Augen an, schüttelte fast unmerklich den Kopf dabei und sagte zu Frau Bernhard gewandt: „Ich glaube tatsächlich, dass wir diesen Fall nicht mehr aufklären können. Ich danke Ihnen für Ihre Ausführungen und bitte für die Unannehmlichkeiten noch einmal um Ihr Verständnis. Sie können jetzt gehen, Frau Bernhard."

„Ich hätte allerdings noch eine sehr wichtige Frage", meldete ich mich zu Wort und zog mein Smartphone aus der Tasche. „Ich möchte Ihnen gerne ein Foto von Ihnen und Ihrer Schwester zeigen, das nach unserem Kenntnisstand bei Ihrem letzten Aufenthalt in einem Neunkircher Freibad aufgenommen wurde. Sie sehen sich darauf, für mich jedenfalls, zum Verwechseln ähnlich. Aber ich denke, Sie können das sicherlich besser auseinander halten. Hier habe ich es."

„Zeigen Sie mal her", erwiderte sie und nahm mir das Smartphone aus der Hand. Sie warf nur einen flüchtigen Blick darauf und gab mir das Smartphone zurück. „Links sitze ich und rechts daneben die Lena."

„Vielen Dank, und woran erkennen Sie das konkret, wenn ich fragen darf?"

Sie schüttelte den Kopf. „Nicht konkret am Aussehen, aber man erkennt sich halt als Betroffener, beispielsweise am Gesichtsausdruck oder an der Körperhaltung oder was weiß ich noch alles. Jedenfalls gibt es keinen Zweifel. Kann ich jetzt endlich gehen?", reagierte sie sichtlich nervös geworden.

„Wir sind gleich fertig, Frau Bernhard. Mir ist auf dem Foto nämlich etwas aufgefallen, was sie beide doch eindeutig voneinander unterscheidet. Warten Sie bitte, ich mache das Foto mal etwas größer", sagte ich und beobachtete sie aus den Augenwinkeln dabei. Sie hatte schlagartig die Gesichtsfarbe gewechselt und zitterte mit den Händen, als ich ihr das Smartphone reichte. „Sie sagten ja, dass rechts die Lena sitzt, nicht wahr?"

Sie nickte nur stumm.

„Gut. Aber die Lena hatte doch ein Tattoo mit einem gebrochenen Herzen auf der linken Schulter, weshalb man sie im Boxclub auch Broken Heart genannt hat. Und die sitzt eindeutig links auf dem Bild. Man sieht ihr Tattoo auch ganz deutlich auf der Vergrößerung. Richtig?"

Ich bekam keine Antwort darauf.

„Und die Anna hatte sich genau über dieses Tattoo immer lustig gemacht, wie wir von einem Zeugen wissen. Nicht wahr, Frau Bernhard, oder müsste ich nicht doch Broken Heart beziehungsweise Lena Wolter zu Ihnen sagen?"

Sie sprang wie von einer Tarantel gestochen auf und fuhr mich an: „Was erlauben Sie sich, Frau Horst? Dann habe ich mich halt beim oberflächlichen Hinsehen doch geirrt. Ich höre mir Ihre Unterstellungen jedenfalls nicht mehr länger an. Lassen Sie mich bitte sofort gehen."

„Gerne. Lassen Sie mich mir nur noch einen kurzen Blick auf Ihre linke Schulter werfen. Machen Sie doch bitte mal Ihren Oberarm frei."

Im gleichen Moment brach sie förmlich zusammen. Sie zitterte an allen Gliedern wie Espenlaub. „Ich will sofort meinen Anwalt sprechen. Hören Sie, auf der Stelle will ich das", schrie sie förmlich heraus.

„Beruhigen Sie sich bitte", schaltete sich Sven Beckmann ein. „Natürlich haben Sie das Recht auf einen Anwalt und das will Ihnen auch niemand verwehren. Aber wenn wir jetzt Ihren Anwalt hinzuziehen, wird der sicherlich alles daran setzen, etwaige Anschuldigungen gegen Sie abzuweisen. Falls Sie nicht Anna Bernhard, sondern Lena Wolter sein sollten, würden wir das aber auf jeden Fall mittels DNA-Analysen herausbekommen. Nutzen Sie deshalb am besten jetzt die Gelegenheit zu einem umfassenden Geständnis. Das würde sich im Falle einer Verurteilung auf jeden Fall erheblich mindernd auf das Strafmaß auswirken."

Sie stand auf, ging ans Fenster und starrte eine Weile schweigend hinaus. Wir ließen ihr ganz bewusst etwas Zeit dabei. Plötzlich drehte sie sich nach uns beiden um und nickte. „Ja, Sie haben recht. Ich bin nicht Anna Bernhard, sondern Lena Wolter. Und im Grunde meines Herzens bin ich sogar froh darüber, dass dieses unselige Leben hinter einer Maske endlich ein Ende hat."

„Das ist gut, sogar sehr gut für Sie, Frau Wolter, womit ich nicht nur das Strafmaß, sondern auch Ihr Seelenheil meine, das Ihnen vermutlich all die Jahre sehr zu schaffen gemacht hat", erwiderte ich.

Sie nickte mit tränenüberströmtem Gesicht.

„Erzählen Sie uns jetzt doch mal Ihre ganze Geschichte, aber bleiben Sie im eigenen Interesse bitte bei der Wahrheit", erwiderte Sven Beckmann und bat sie, sich wieder zu uns zu setzen.

„Keine Sorge, denn ich will endlich alles loswerden, was mich all die Jahre so gequält hat. Wie Anna und ich uns kennengelernt oder besser gesagt, wie wir uns wiedergefunden haben, das wissen Sie beide ja bereits. Wir waren anfangs überglücklich darüber. Alles war einfach wunderbar, wenn wir uns gegenseitig mal für einen Tag besuchten und etwas gemeinsam unternahmen, wenn wir uns über unsere leiblichen Eltern und die kurze gemeinsame Zeit während unserer Kindheit oder über die Zeit nach unserer Trennung unterhielten. Doch das Unglück begann, als Anna fast zwei Wochen bei mir ihren Urlaub verbrachte. Zwei oder drei Tage lang ging das noch ganz gut, aber dann hat sie angefangen, an allem herumzunörgeln und mich zu kritisieren. In was für einer schäbigen Bude ich hausen und mit welchen Menschen ich mich überhaupt abgeben würde, das sei alles unter ihrem Niveau. Mit mir könne man auch kein geistreiches Gespräch führen, was bei meiner Schulbildung ja auch kein Wunder sei. Anfangs war ich nur enttäuscht darüber und habe versucht, mir nichts anmerken zu lassen, doch dann hat es jeden Tag mehr in mir zu gären begonnen. Aber ich habe mich ihr zuliebe beherrscht und wollte ihr den Urlaub bei mir nicht vermiesen. Im Grunde genommen war ich aber richtig froh, als ihr Urlaub langsam zu Ende ging. Am vorletzten Tag hatte ich sie auf die Vereinsfeier vom Boxclub in der Wiebelskircher Gartenlaube eingeladen. Sie ging aber nur widerwillig mit, weil sie nicht alleine in meiner kleinen Wohnung bleiben wollte. Sie eröffnete mir auch, dass sie sich für unseren letzten gemeinsamen Tag etwas ganz Besonderes ausgedacht habe. Ich solle mich einfach davon überraschen lassen. Die Vereinsfeier war wirklich sehr schön. Es war ein herrlicher Spätsommerabend. Einer vom Verein hatte eine Gitarre dabei und ein anderer eine Mundharmonika. Die beiden spielten Lieder aus den Sechziger und Siebziger Jahren und wir sangen alle mit. Ich glaube, selbst Anna hatte es ganz gut gefallen, vielleicht auch, weil sie ein bisschen zu viel getrunken hatte und daher auch mit dem Auto beim besten Willen nicht mehr fahren konnte. Wir beide haben uns dann nach der Feier spontan entschlossen, erst am nächsten Morgen wieder zu mir nach Hause zu fahren und uns für ein paar Stunden mit Kissen und Wolldecken auf den Holzbänken in der Laube schlafen gelegt.

Irgendwann mitten in der Nacht sind wir durch ein Gewitter wach geworden. Uns taten alle Knochen weh und Anna war in einer richtig miesen Katerstimmung. Wir würden hier alle hausen wie die Vandalen und so etwas habe sie wirklich nicht nötig, fluchte sie heftig. Wenn es nicht unser letzter gemeinsamer Tag wäre, würde sie am liebsten sofort nach Oppau zurückfahren. Ich habe sie vergeblich zu besänftigen versucht, aber als sie mir dann eröffnet hat, dass sie für den Abend zwei Karten für eine Oper im Staatstheater in Saarbrücken reserviert habe, damit ich wenigstens einmal ein bisschen Kultur mitbekäme, ist mir der Kragen geplatzt. Sie habe zwei teure Abendkleider und passende Schuhe für uns gekauft, die im Kofferraum von ihrem Auto liegen würden. Sie könne mich in den ewig gleichen abgetragenen Klamotten ohnehin nicht mehr sehen. In gleichen Moment habe ich die Fassung völlig verloren und ihr einen heftigen Stoß versetzt. Dabei ist sie rücklings über eine Holzbank gestürzt und mit dem Hinterkopf auf einem scharfkantigen Stein aufgeschlagen, der irgendwo in einer Ecke auf dem Boden lag. Als sie mit weit aufgerissen Augen reglos liegen blieb, wusste ich sofort, dass etwas Schlimmes passiert sein musste. Als ich sie hochheben wollte, sah ich, wie Blut aus ihrem Hinterkopf und auch aus ihrem Mund floss. Obwohl ich keinen Puls mehr bei ihr fühlen konnte, versuchte ich es noch verzweifelt mit Herzmassagen, aber es war alles vergeblich. Anna war tot und ich war wie von Sinnen. Was sollte ich tun? Einen Arzt oder die Polizei zu rufen hätte sie ja auch nicht mehr zum Leben erweckt. Dann schoss mir durch den Kopf, dass man mich möglicherweise des Mordes an meiner Zwillingsschwester beschuldigen könnte. Mein ganzes bisheriges Leben erschien mir als eine einzige Katastrophe. Während Anna großes Glück mit ihren Adoptiveltern hatte und ein gutes Leben in Wohlstand führen konnte, war für mich nur ein ganzes Leben auf der Schattenseite bestimmt. Und jetzt würde ich auch noch im Gefängnis landen. Doch dann schoss mir plötzlich ein Gedanke durch den Kopf, wie ich meinen Hals vielleicht noch aus der Schlinge ziehen könnte. Warum sollte ich nach diesem tragischen Unfall nicht wenigstens die Gelegenheit nutzen, um meinem armseligen Dasein als Lena Wolter ein Ende zu setzen, ein Dasein, für das ich von Anna immer mitleidig belächelt und verhöhnt worden war. Ich versuchte zwar, diesen absurden Gedanken wieder zu verdrängen, doch er ließ mich nicht mehr los. Die Zeit für eine Entscheidung drängte von Minute zu Minute mehr. *Was geschehen ist, kannst du nicht mehr rückgängig machen, Lena, und schlimmer kann es dadurch auch nicht mehr werden,* versuchte ich mir selbst Mut zu machen. Dann tauschte ich hastig Annas Kleider mit meinen, aber nur die Oberkleidung, die Schuhe und unsere Handtaschen mit den Geldbörsen und Ausweispapieren. Nur meine Wohnungsschlüssel habe ich aus meiner Handtasche herausgenommen. Es war fast unüberwindlich für mich, an meiner toten Schwester so herummanipulieren zu müssen, aber irgendwie habe ich es hinter mich gebracht. Danach habe ich ein paar Holzplanken vom Boden gelöst und hastig eine Grube ausgehoben. Zum Glück fand ich in der Laube Gartengeräte, Schaufel und eine Hacke. Der Boden war relativ weich und ließ sich gut ausheben. Ich habe das Erdreich nur so tief wie unbedingt notwendig ausgehoben. Dann bin ich an Annas Auto geschlichen, das zum Glück nur ein paar Meter entfernt stand. Die Abendkleider für uns waren in Kleidersäcken verstaut. Einen davon nahm ich mit, um ihn als Leichensack zu verwenden. Anna sollte wenigstens nicht in der nackten Erde verscharrt werden. Dann habe ich ihre Leiche vergraben und wieder mit einer Erdschicht bedeckt. Den restlichen Aushub habe ich gleichmäßig auf dem Boden verteilt und dann wieder mit den Holzplanken überdeckt. Danach bin ich in der Morgendämmerung ins Auto geschlichen und zuerst zu meiner Wohnung gefahren. Ich war ja völlig verschwitzt und verschmutzt und hätte so auf gar keinen Fall nach Oppau fahren können. Zuhause habe ich mich zuerst geduscht und mir frische Kleider angezogen. Annas schmutzige Kleidung habe ich zusammen mit ein paar eigenen Sachen in eine Tasche gepackt. Dann habe ich dem Vermieter ein paar Zeilen geschrieben, dass ich in einer dringenden Angelegenheit kurzfristig für einige Zeit verreisen müsse. Das Geld für die nächste Monatsmiete habe ich dabeigelegt. Falls ich nicht mehr zurückkommen oder mich melden würde, könne er alles, was in der Wohnung ist, als Entschädigung für entgangene Mieten verwenden und die Wohnung neu vergeben. Ich wusste nämlich ganz genau, dass dieser schräge Vogel meine Mieteinnahmen nicht versteuerte, zumal ich auch nicht als Mieterin dort gemeldet war. Brief, Geld und Wohnungsschlüssel habe ich in einem verschlossenen Umschlag in seinen Briefkasten geworfen und bin dann losgefahren." Sie hielt kurz inne, schaute uns an und sagte: „Das war´s eigentlich. Ich glaube jedenfalls, dass ich Ihnen alles Wichtige gesagt habe."

Beckmann nickte. „Vielen Dank, Frau Wolter. So muss ich Sie jetzt ja wohl ansprechen. Ihre Schilderung klingt durchaus plausibel und glaubwürdig. Ich bin sicher, dass sich Ihr umfassendes

Geständnis auf jeden Fall strafmildernd für Sie auswirken wird. Trotzdem haben wir noch ein paar Fragen an Sie. Wie ging es denn dann weiter, Ihr zweites Leben als Anna Bernhard in Oppau?"

Sie winkte kopfschüttelnd ab. „Jedenfalls nicht so, wie ich es mir ursprünglich vorgestellt hatte. Ich hatte zwar für andere zunächst unbemerkt die Rollen getauscht und verfügte nun an Annas Stelle auch über einen ansehnlichen Besitz, nicht nur das Anwesen, sondern auch Geld betreffend. Doch die damit verbundene Schuld konnte ich einfach nicht abschütteln. Hinzu kam ja auch, dass ich gezwungen war, Annas Leben möglichst unverändert weiterzuführen. Das fing schon bei den Nachbarn an. Ich kannte zwar den einen oder anderen flüchtig von meinen Besuchen, aber ich wusste nicht, in welcher Beziehung Anna zu ihnen stand und wie ich mich ihnen gegenüber verhalten sollte. Besonders schlimm war es auf Annas Arbeitstelle, wo ich weder die Vorgesetzten, noch Kolleginnen und Kollegen kannte und auch keinerlei Ahnung von Annas Aufgabengebiet hatte. Ich fiel deshalb auch öfter sehr unangenehm auf und versuchte, mich deswegen hinter vorgetäuschten Krankheitssymptomen zu verstecken. Das ging aber nur relativ kurze Zeit so, bis ich nach einer schriftlichen Abmahnung zu einem Personalgespräch gebeten wurde, in dem man mir unmissverständlich eine eigene Kündigung nahe legte, um einer ansonsten unvermeidlichen Entlassung zu entgehen. Das habe ich schließlich auch getan, denn auf das bescheidene Gehalt war ich ja nicht angewiesen. Auch Anna hatte den Job nur gemacht, um ihre Zeit halbwegs sinnvoll auszufüllen. So saß ich nun den ganzen Tag alleine in einem viel zu großen Haus. Irgendeinen anderen Job als Aushilfe, so wie vorher in Neunkirchen, konnte ich ja auch nicht annehmen, weil das nicht zu Annas Lebensstil gepasst hätte. Es waren schreckliche Wochen und Monate, in denen ich mich wie eine Gefangene in einem goldenen Käfig gefühlt habe. Irgendwann habe ich angefangen zu trinken, jeden Tag ein bisschen mehr. Und Drogen kamen schließlich auch noch dazu. So landete ich als Anna Bernhard eigentlich genau wieder im gleichen Milieu wie vorher als Lena Wolter. Anfangs versuchte ich noch, mich im Haus an andere Männer zu verkaufen, aber das führte zu Problemen mit den Nachbarn, die für Anna Bernhards völlig veränderten Lebenswandel keinerlei Verständnis zeigten und sogar die Behörden darauf aufmerksam gemacht haben."

„Und wie haben Sie darauf reagiert?", fragte ich.

„Mir blieb nichts anderes übrig, als das Haus in Oppau zu verkaufen und wegzuziehen. Na ja, vom Immobiliengeschäft hatte ich auch keine Ahnung und das Haus daher weit unter Wert verkauft. Doch das war mir auch egal, ich wollte nur so schnell wie möglich weg von dort."

„Und dann, Frau Wolter?"

„Und dann? Ja, dann habe ich eine Weile in Hotels gelebt und versucht, das Leben mit Schmuck, schönen Kleidern und einem schicken Sportwagen zu genießen. Im Nu hatte ich viele Freunde, zumindest so lange, wie ich sie an meinem Wohlstand teilnehmen ließ. Doch irgendwann war auch das letzte Geld weg." Sie schwieg und starrte geistesabwesend auf den Boden.

„Und dann sind Sie wohl in der Lupinenstraße gelandet. Ist das richtig?"

Sie nickte. „Ja, so war es, und seitdem bin ich als Anna Bernhard mindestens wieder so tief gesunken, wie in meinem vorherigen Leben als Lena Wolter. Und ich muss Ihnen gestehen, dass ich tatsächlich froh bin, dass auch das jetzt endlich ein Ende gefunden hat."

„Vielen Dank für Ihre Offenheit und Kooperationsbereitschaft, Frau Wolter", erwiderte mein Chef. „Sie werden jetzt unverzüglich wegen des dringenden Verdachtes auf Körperverletzung mit Todesfolge von Anna Bernhard dem hier zuständigen Haftrichter vorgeführt und müssen mit einer Einweisung in Untersuchungshaft rechnen." Danach belehrte er sie über ihre Rechte und Pflichten als Beschuldigte und ließ sie nach vorheriger Abklärung mit den zuständigen Beamten und Übergabe des von mir angefertigten Vernehmungsprotokolls, das von ihr nur kurz überflogen und problemlos unterzeichnet worden war, abführen.

Zurück ins Saarland

„Oh Mann, ich hätte wirklich nicht geglaubt, dass die Aufklärung dieses verzwickten Falls tatsächlich noch gelingen könnte", stöhnte Beckmann, als wir wieder im Auto auf der Heimfahrt ins Saarland saßen. „So eine fantastische Geschichte würde sich doch hervorragend für einen Krimi eignen. Finden Sie nicht?"

„Ganz bestimmt, aber ich wusste ja gar nicht, dass Sie auch noch Krimis schreiben, Herr Beckmann.

Er lachte. „Schön wär´s ja, aber dazu fehlen mir leider die Zeit und die Muse, vom Talent ganz zu schweigen. Vielleicht später mal, wenn ich in Pension bin, aber das dauert noch gefühlte hundert Jahre."

„Na ja, das Renten- und Pensionsalter wird zwar immer weiter steigen, aber jetzt übertreiben Sie wirklich."

„Na schön, Sie Besserwisserin. Aber lassen Sie mich Ihnen dennoch meinen ausdrücklichen Respekt zollen. Ohne Ihre taktische Finesse wäre unser waghalsiges Vernehmungsmanöver vermutlich kaum gelungen."

„Taktische Finesse, sagen Sie? Ich würde es eher als göttliche Eingebung bezeichnen."

„Meinetwegen. Glauben Sie eigentlich an Gott, Frau Horst?"

Grinsend erwiderte ich. „Na klar, woher sollte denn sonst die göttliche Eingebung kommen."

„Oh Mann, bei Ihnen muss man ja wirklich jedes Wort auf die Goldwaage legen. Aber jetzt mal im Ernst."

„Ja, und dafür gibt es auch einen ganz bestimmten Grund." Für mich selbst überraschend und ganz ohne dass es mir schwer fiel, erzählte ich ihm von meinem Nahtoderlebnis nach dem Autounfall, vielleicht auch, weil mich der Ermittlungserfolg mit spiritueller Unterstützung, jedenfalls nach meiner festen Überzeugung, darin bestärkte. „So, jetzt wissen Sie, dass ich meine Fälle mit Geisteskraft zu lösen pflege."

„Das haben Sie aber sehr schön ausgedrückt. Ich habe zwar auch schon mal irgendwo etwas über Nahtoderfahrungen gelesen, mir aber keine weiteren Gedanken darüber gemacht."

„Kein Wunder, wenn Sie noch gefühlte hundert Jahre alleine bis zur Pensionierung vor sich haben", warf ich grinsend ein.

„Die werde ich beim besten Willen nicht schaffen, weil Sie mich vermutlich schon bald zu Tode geärgert haben, wenn Sie so weitermachen, Frau Horst", stöhnte er.

„So schlimm?"

Er lachte kurz. „Nicht wirklich. Ich mag Ihre Art der Kommunikation. Das hatte ich Ihnen ja schon einmal gesagt."

„Danke für das Kompliment. Das dürfen Sie aber auch für sich in Anspruch nehmen."

„Na dann … Ich habe zum Thema Glauben übrigens keine feste Meinung. Sie schwankt vielmehr nach Stimmungslage. Wenn ich an all die schrecklichen Kriege, an Elend, Not und Grausamkeiten, nicht nur die Menschen, sondern auch Tiere betreffend denke, fällt es mir offen gestanden schwer, an Gott zu glauben, zumindest an einen gütigen und gerechten."

„Das kann ich sehr gut nachvollziehen, Herr Beckmann. Mir ging es bis zu meinem Unfall eigentlich genau so. Doch seitdem habe ich mich sehr intensiv mit dieser Thematik beschäftigt und könnte Ihnen eine Reihe schlüssiger Gegenargumente aufführen. Darüber können wir uns gerne mal außerhalb der Dienstzeit unterhalten."

„Das ist ein guter Vorschlag. Darf ich Sie gelegentlich hierfür beim Wort nehmen?"

„Sehr gerne, aber jetzt würde mich mal interessieren, wie es im Fall Lena Wolter weitergehen wird. Mit einem derart länderübergreifenden Fall hatte ich bisher nämlich noch nichts zu tun. Aber Sie haben doch die höheren Weihen, Herr Kriminalrat, und müssten das doch eigentlich ganz genau wissen."

„Eigentlich, Sie sagen es, aber so sicher bin ich mir nicht. Frau Wolter wird zunächst irgendwo im Raum Mannheim in Untersuchungshaft kommen. Die Gerichtsverhandlung wird aber beim Landgericht in Saarbrücken sein, doch das kann noch lange dauern. Ich vermute aber, dass Frau Wolter schon bald in die Justizvollzugsanstalt Zweibrücken überführt werden wird. Das muss ich aber alles noch abklären. Ich würde Ihnen den Überführungstermin nach Zweibrücken auf jeden Fall mitteilen und Sie bitten, dort bei der Einweisung dabei zu sein. Ich kann mir nicht helfen, aber diese Frau tut mir wirklich leid, auch weil sie wohl niemand mehr hier im Saarland hat, der sich während der Haft und vor allem während der Zeit danach ein bisschen um sie kümmern wird. In solchen Fällen ist die Rückfallquote bekanntlich besonders hoch."

„Sie haben natürlich recht, aber vielleicht gibt es ja doch jemand, der ein Auge auf sie werfen würde."

„Sagen Sie bloß, Sie hätten auch dafür eine Lösung?"

„Möglicherweise. Ich denke da an den Vorsitzenden vom Boxclub Neunkirchen. Herr Reinermann hatte sich ja schon früher ein bisschen um sie gekümmert und sie schon damals aus dem Rotlichtmilieu herausgeholt."

„Was meinen Sie mit ein bisschen gekümmert?"

„Nicht, was Sie jetzt vielleicht denken. Herr Reinermann ist als Boxer sicherlich eine richtige Kämpfernatur, aber auch sehr sozial eingestellt. Ich würde seine Beziehung zu Lena Wolter als eine Art väterlicher Fürsorge bezeichnen. Ich werde ihn jedenfalls mal darauf ansprechen."

„Gute Idee. So, es ist zwar schon spät, aber jetzt haben wir es ja gleich geschafft. Sie jedenfalls, Frau Horst", erwiderte er, als er an der Ausfahrt Neunkirchen-Oberstadt von der A8 abfuhr. Ein paar Minuten später setzte er mich zu Hause ab. „Ich halte Sie in dieser Angelegenheit auf dem Laufenden. Gönnen Sie sich morgen mal eine kleine Auszeit. Ich melde mich übermorgen wieder bei Ihnen. Ach ja, arbeitslos werden Sie auch nicht, denn auf meinem Schreibtisch liegen noch drei Akten für Sie, die ich mir aber vorher selbst noch kurz anschauen möchte. Einen schönen Abend noch, Frau Horst."

Holger war noch im Garten und werkelte am Aushub neben dem Teich. „Was machst du denn noch so spät hier?", fragte ich.

„Ich hatte dir doch noch einen kleinen Wasserlauf versprochen. Ich denke, dass ich den bis morgen fertig bekomme. Und eine alte Gartenlaterne habe ich auch noch besorgt. Wird ´ne schöne Teichanlage werden. Lass uns doch übermorgen Agathes Pool offiziell einweihen und wenigstens im kleinen Kreis ein bisschen feiern, denn ich bin danach für etwa zwei Wochen auf Tour."

„Auf Tour sagst du, wohin soll es denn gehen?"

„Eine Radtour durch die Vogesen mit ein paar Freunden und Kommilitonen, bevor das neue

Semester losgeht. Ich bringe noch zwei Überraschungsgäste mit. Machst du bitte eine Kleinigkeit zu essen für vier Personen, meinetwegen nur ein paar Würstchen? Getränke hast du ja noch genug im Keller. Sagen wir gegen Abend um sechs?"

„Überraschungsgäste? Meinetwegen. Ich mache aber nur Würstchen mit Kartoffelsalat, doch verrate mir mal lieber, wen du mitbringen willst."

„Ich denke überhaupt nicht daran. Es soll ja eine Überraschung werden."

„Na schön, Holger", seufzte ich.

„Für heute mache ich mal Schluss. Den Rest mache ich morgen im Laufe des Tages noch fertig. Die Hühner sind schon im Stall und die Katzen im Haus. Nur Agathe sitzt noch dort drüben am Teichrand. Sie wollte nichts fressen. Ich glaube, sie hat dich vermisst. Dann bis morgen Vormittag. Gute Nacht, Frau Oberkommissarin, oder soll ich doch Tante Nora zu dir sagen?"

„Untersteh dich, und danke für deinen Einsatz, du Gartengestalter."

„Mache ich doch gerne. Gute Nacht, Tantchen", erwiderte er grinsend und ging ins Haus nebenan.

„So, Agathe, wir beide gehen jetzt auch rein. Ich will mal nachschauen, ob ich noch was Leckeres für uns finde." Das schien die Gänsedame offenbar verstanden zu haben. Jedenfalls erhob sie sich, schlug ein paar Mal mit den Flügeln und watschelte dann gemächlich hinter mir her ins Haus.

Alltag

Am nächsten Morgen war zuerst die Fütterung meiner Raubtiere und danach Großreinemachen angesagt. Das übliche Programm, Putzen, Staubsaugen, Wäsche waschen und Bügeln, während Holger im Garten weiterwerkelte. Anschließend fuhr ich zum Einkaufen in den Globus.

Auf dem Parkplatz traf ich Norbert Reinermann, der mich gleich auf den Fall ansprach. „Na, was machen denn Ihre Ermittlungen? Haben Sie Lenas Mörder schon gefunden?"

„Sie gehen leider von falschen Annahmen aus, Herr Reinermann", erwiderte ich vieldeutig, „allerdings darf ich Ihnen über Ermittlungsergebnisse leider keine Auskunft erteilen. Aber ich würde Sie gerne zu gegebener Zeit diesbezüglich noch einmal ansprechen. Darf ich Ihnen in diesem Zusammenhang auch eine Frage stellen?"

„Nur zu, Frau Horst."

„Sie hatten mir doch mal erzählt, dass Sie Lena Wolter früher aus dem Rotlichtmilieu geholt und sich ein bisschen um sie gekümmert hatten."

„Ja, aber warum fragen Sie?"

„Würden Sie so etwas auch ein zweites Mal machen?"

Er blickt mich merklich irritiert an. „Na klar doch, aber ich verstehe Ihre Frage offen gestanden nicht?"

„Das können Sie natürlich auch nicht, aber gedulden Sie sich bitte noch etwas. Vielleicht kann ich Ihnen schon in den nächsten Tagen etwas mehr dazu sagen. Sind Sie telefonisch eigentlich immer erreichbar?"

„Jederzeit. Meine Nummer haben Sie ja", sagte er und schüttelte verständnislos den Kopf dabei. „Tut mir leid, aber ich muss mich jetzt beeilen, denn die Arbeit ruft."

„Wo denn? Etwa hier?"

„Sie sagen es. Bis dann, Frau Horst."

Nachmittags half ich Holger so gut ich konnte ein bisschen im Garten. Er hatte in den Erdaushub neben dem Teich einen Wasserlauf modelliert, den wir mit Resten der Teichfolie auslegten.

Daneben verlegte er einen flexiblen Schlauch, von dem er das untere Ende ein Stück ins Wasser ragen ließ, den Schlauch dann bis zur Kuppe des Hügels führte und das obere Ende in den Wasserlauf ragen ließ. Den Schlauch auf dem Hügel bedeckte er mit Erdreich.

„Ich setze nachher noch eine Pumpe auf den Teichgrund und schließe daran das untere Schlauchende an. Wenn man sie einschaltet, fördert sie Teichwasser nach oben, das dann über den Wasserlauf wieder runter in den Teich fließt. Das sieht nicht nur Klasse aus, sondern trägt auch ein bisschen zur Teichbelüftung bei, hoffe ich jedenfalls."

„Schöne Idee. Das sieht aber erst richtig gut aus, wenn alles bepflanzt ist."

„Klar. Wir könnten den Teich und den Wasserlauf vielleicht auch noch mit Strahlern anleuchten. Ich würde dann …"

„Nun mach mal langsam, junger Mann", erwiderte ich. Ich musste unwillkürlich über seine Begeisterung für die selbst entworfene Teichanlage schmunzeln. „Ich denke, Agathe wird es auch so gefallen."

„Schon, aber ein bisschen was sollten wir doch auch davon haben, wenn wir abends hier am Teich sitzen."

„Wir, Holger? Doch allenfalls dann, wenn du Zeit und Lust dazu hast. Und ich fürchte, das wird nicht allzu oft der Fall sein. Die meiste Zeit werde ich wohl mit den Hühnern, Katzen und mit Agathe alleine hier sitzen."

Holger schmunzelte vielsagend und erwiderte: „Abwarten, Tante Nora."

Am nächsten Morgen klingelte schon sehr früh das Telefon. Mein Chef war am Apparat. „Hallo, Frau Horst. Ich muss mich schon so früh bei Ihnen melden, weil ich gleich dienstlich für die nächsten Tage weg muss und so lange für Sie nicht mehr erreichbar bin. Die Verlegung von Frau Wolter in die JVA Zweibrücken geht doch erheblich schneller als gedacht. Vielleicht wegen Platzmangel in der JVA Mannheim, aber das ist ja auch egal. Der Gefangenentransport ist jedenfalls bereits für nächste Woche terminiert. Donnerstag, der Fünfzehnte, um genau zu sein. Die planen diese Transporte ja sehr akribisch. Das Eintreffen in der JVA Zweibrücken ist für halb elf Uhr vormittags geplant. Ich habe auch abgeklärt, dass Sie bei der Ankunft und Einweisung von Frau Wolter dabei sein und die Anstaltsleitung noch etwas näher informieren werden. Ginge das bei Ihnen?"

„Ja, kein Problem, ich werde auf jeden Fall rechtzeitig in Zweibrücken sein. Ich habe übrigens Herrn Reinermann gestern zufällig getroffen und bei ihm mal vorsichtig vorgefühlt, wie er sich verhalten würde, wenn ..."

„Sie haben ihm doch hoffentlich nichts Näheres erzählt", unterbrach er mich.

„Wo denken Sie hin? Aber wenn wir Frau Wolter wie vorgestern besprochen helfen wollen, dann ..."

Wieder unterbrach er mich. „Ich weiß nicht, ob Sie mich noch hören können, denn die Leitung scheint gerade gestört zu sein, Frau Horst. Hier kommen leider nur noch Knackgeräusche und Sprachfetzen an. Ich muss jetzt auch gleich los. Veranlassen Sie bitte mit der nötigen Umsicht all das, was Sie für notwendig halten. Und informieren Sie mich bitte gleich nach der Einweisung von Frau Wolter wieder." Danach war die Verbindung unterbrochen.

Ob es tatsächlich eine Störung war oder ob er vielleicht gar nicht alles so genau hören wollte?, schoss mir kurz durch den Kopf. „Na gut, Herr Kriminalrat, dann mache ich eben das, was ich für richtig halte", murmelte ich achselzuckend und legte das Telefon wieder auf die Ladeschale. Gegen Abend rief ich bei Reinermann an. „Störe ich Sie gerade?"

„Na ja, ich bin mit den Jungs mitten im Training."

„Oh, das tut mir leid. Dann rufe ich morgen oder übermorgen noch mal bei Ihnen an."

„Und Sie glauben tatsächlich, ich könnte so lange meine Neugier im Zaum halten? Seit unserem gestrigen Gespräch geht mir das nicht mehr aus dem Kopf. Schießen Sie bitte los."

„Was ich Ihnen sagen möchte ist aber streng vertraulich. Davon sollte sonst niemand etwas mitbekommen."

„Kein Problem. Warten Sie bitte einen Moment, ich schicke die Jungs nach unten in die Halle." Nach einer kurzen Pause hörte ich ihn sagen: „So, jetzt sind wir ganz unter uns, Frau Horst."

„Schön. Ich kann Ihnen nur andeutungsweise etwas zu unseren Ermittlungen sagen und bitte Sie, das für sich zu behalten und mit niemand sonst darüber zu sprechen."

„Sie haben mein Ehrenwort."

„Also gut, bei der Frauenleiche, die in der Gartenlaube entdeckt worden ist, handelt es sich nicht um Lena Wolter. Lena lebt."

„Oh Mann", hörte ich ihn aufstöhnen, „Sie haben mir gerade einen heftigen Schlag in die Magengrube verpasst. Wo ist denn Lena jetzt und wer ist denn dann die Leiche? Hat Lena damit etwas zu tun und …", sprudelte es nur so aus ihm heraus.

„Stopp, Herr Reinermann, ich kann und darf Ihnen dazu keine weiteren Auskünfte geben", unterbrach ich ihn. „Nur noch so viel, Lena wird nächste Woche in die JVA Zweibrücken überführt und ich wollte Sie daher fragen, ob Sie sich noch einmal um sie kümmern könnten. Ich denke, dass gerade Sie ein wichtiger seelischer Halt für sie wären. Lena Wolter braucht nach meiner Einschätzung dringend wieder so einen Halt."

„Aber klar doch. Wann genau wird sie denn in Zweibrücken ankommen? Ich würde dann vor dem Eingang zur JVA auf sie warten und gerne mal mit ihr sprechen."

„Tut mir leid, aber ich sagte ja bereits, keine weiteren Auskünfte. Ich werde Ihnen aber sofort Bescheid geben, wenn sie dort untergebracht worden ist. Sie können sich dann ja direkt zwecks Besuchsmöglichkeiten dorthin wenden."

„Und Sie sehen wirklich keine andere Möglichkeit, mit Lena vorher noch sprechen zu können?"

„Leider nein, und das was ich Ihnen jetzt gesagt habe, bleibt unter uns."

„Versprochen, Frau Horst. Ich muss mich aber jetzt wieder ums Training kümmern, obwohl mir gerade jetzt der Kopf nicht danach steht."

„Wird schon werden, Herr Reinermann", erwiderte ich und legte auf.

Ausklang

Am nächsten Morgen machte ich gleich nach dem Frühstück eine große Schüssel Kartoffelsalat und stellte ihn zum Durchziehen ins kühle Schlafzimmer. Am späten Nachmittag deckte ich auf der Terrasse hinterm Haus einen Tisch für vier Personen und stellte den kleinen Tischgrill für die Würstchen auf einen Hocker daneben. Kurz nach achtzehn Uhr trudelte Holger mit Jo ein. Er hatte ihn wohl heimlich vorher informiert, ohne mir etwas zu sagen. Das war also der Überraschungsgast, über den ich mich sehr freute. Doch wo steckte der andere? Die beiden grinsten über das ganze Gesicht, als ich sie danach fragte.

„Schau doch mal hinter dich, Nora", erwiderte Jo. Als ich mich umdrehte, stand Andrea hinter mir. Damit hatte ich beim besten Willen nicht gerechnet. Sie hatte sich klammheimlich aus dem Nachbarhaus über die Straße und durch den Vordereingang in meinen Garten geschlichen, während Holger und Jo direkt aus dem Nachbargarten gekommen waren. Mir schossen die Tränen in die Augen und ich fiel meiner Schwägerin in die Arme.

„Danke, vielen Dank, dass du gekommen bist, Andrea", flüsterte ich und drückte ihr einen Kuss auf beide Wangen.

„Ich freue mich auch sehr, dich zu sehen, Nora", erwiderte sie. Sie deutete auf Jo und Holger und fuhr fort: „Die beiden haben mehr als ein Gespräch über den tragischen Unfall mit mir geführt und mir klar gemacht, dass dein Streit mit Björn zwar ein Auslöser für seine Überreaktion war, dass ich dich aber nicht deswegen für den Unfall verantwortlich machen kann und darf. Es hat zwar einige Zeit gebraucht, aber jetzt sehe ich es selbst ein. Es war wohl auch eine Überreaktion von mir, als du es uns erzählt hattest. Das tut mir leid. Lass uns das Ganze bitte vergessen, Nora."

„Schon geschehen, Andrea", erwiderte ich und fiel ihr erneut in die Arme.

Es wurde ein schöner Abend, den wir bei Würstchen mit Kartoffelsalat und kühlem Bier genossen, mit Blick auf Agathes Pool, wie ihn Holger getauft hatte. Die Gänsedame präsentierte sich stolz auf ihrem Gewässer, während Jo die

Herzen der drei Katzen mit Wurststückchen eroberte. Nur die Hühner hatten sich schon in ihr Schlafgemach im Hühnerstall begeben.

„Telefon für dich, Nora", sagte Andrea und drückte mir den Hörer in die Hand. Ich hatte es gar nicht Läuten gehört.

„Reinermann, guten Abend, Frau Horst. Ich habe von außen mitbekommen, dass bei Ihnen eine Feier stattfindet und wollte daher nicht stören", sagte er. „Sie finden in Ihrem Briefkasten einen Brief für Lena. Er steckt in einem offenen Umschlag, damit Sie ihn auch lesen können. Falls Sie ihn der Lena nicht überreichen können oder dürfen, teilen Sie ihr bitte mündlich mit, was ich geschrieben habe. Und geben Sie mir bitte gleich Bescheid, wenn sie in die JVA eingeliefert worden ist. Ich will Sie jetzt nicht weiter aufhalten und wünsche Ihnen noch einen schönen Abend."

Noch ehe ich ihm erwidern konnte, signalisierte mir ein Klicken in der Leitung, dass er aufgelegt hatte.

„Wer war das denn?", wollte Holger wissen.

„Ach, nichts Besonderes, nur ein dienstlicher Anruf", log ich.

„Was denn, ein dienstlicher Anruf um diese Zeit?", empörte sich Andrea.

„Dem Glücklichen schlägt keine Stunde und ein Beamter ist immer im Dienst. Das gilt selbstverständlich genderkonform auch für weibliche Beamte, nicht wahr, Nora?", half mir Jo augenzwinkernd aus der Patsche. „Aber ich habe noch einen langen Weg nach Hause vor mir und möchte mich daher jetzt gerne von euch verabschieden. Es war wirklich schön heute Abend. Wir sehen uns doch hoffentlich nächsten Samstag im Ellenfeld, Nora?"

„Ich denke, das lässt sich einrichten, Jo", erwiderte ich.

Kurz nachdem er gegangen war, verabschiedeten sich auch Holger und Andrea. „Ich komme morgen nach dem Frühstück rüber und helfe dir beim Aufräumen, Nora", sagte sie und gab mir einen Kuss auf die Wangen.

Obwohl ich eigentlich hundemüde war, ließ mir der Anruf von eben keine Ruhe. Ich ging zum Briefkasten, nahm den Umschlag heraus und setzte mich auf die Bank am Gartenteich. Holgers Laterne warf gerade genug Licht, um den Brief dort noch lesen zu können.

An Lena Wolter von Norbert Reinermann stand auf dem Kuvert. Ich nahm den Brief heraus und begann ihn zu lesen.

Hallo Lena,

ich habe erfahren, dass du jetzt in der JVA Zweibrücken bist. Warum du dort bist und wie lange du dort bleiben musst, das ist mir egal. Wichtig für mich ist nur, dass du lebst. Ich habe dir schon einmal aus der Patsche geholfen und werde dir auch jetzt wieder auf die Beine helfen. Was auch immer der Grund für deine Inhaftierung ist, du darfst dich dort nicht aufgeben, denn da draußen wartet ein Boxtrainer auf dich, der dir zu gegebener Zeit auch wieder eine Bleibe und einen Job verschaffen wird. Du solltest die Zeit im Knast nutzen, um dich sportlich fit zu halten, denn ich will dich irgendwann auch wieder bei mir im Training sehen.

Also, Kopf hoch, Augen zu und durch, Broken Heart.

Ich werde mich umgehend um einen Besuchstermin bei dir bemühen.

Bis dann

Norbert

Dieser Brief berührte mich sehr. Ich hatte als Polizistin diesen tragischen Fall lösen können, bei dem es nach meinem Dafürhalten eigentlich zwei Opfer gab, zum einen die im Boden verscharrte Leiche von Anna Bernhard, aber darüber hinaus auch ihre Zwillingsschwester Lena Wolter im vergeblichen Bemühen, in Annas Haut zu schlüpfen, um ein zweites Leben mit vertauschter Rolle führen zu können. Plötzlich zwickte mich etwas am Fuß. Erst jetzt bemerkte ich, dass Agathe vor mir stand und offenbar ins Haus wollte. „Ja, Agathe, ich bin auch müde", sagte ich und streichelte ihr über den Kopf dabei. Dann gingen wir beide im Gänsemarsch ins Haus zurück.

Weitere Veröffentlichungen mit Bezug zur Stadt Neunkirchen

einen vollständigen Überblick über alle meine Bücher mit Leseproben finden Sie auf meiner Autorenseite bei Amazon

https://www.amazon.de/Raimund-Eich/e/B004EBE93A?ref=sr_ntt_srch_lnk_1&qid=1670418173&sr=1-1

Verlag Books on Demand GmbH
Taschenbuch: ISBN 978- 3756229529
auch als E-Book erhältlich

Oberkommissarin Nora Horst vom Landeskriminalamt Saarbrücken wird nach einem schweren Unfall eine neue Aufgabe in einer kleinen Einheit zur Ermittlung in Cold Case Fällen zugewiesen. Aufgrund ihrer unfallbedingten Einschränkungen kann sie dieser Tätigkeit von ihrer Heimatstadt Neunkirchen aus nachgehen. In ihrem ersten Fall geht es um fünf Personen, die seit dreißig Jahren in Neunkirchen spurlos verschwunden sind. Ein mysteriöser Fall, der sie nach so langer Zeit vor nahezu unlösbare Aufgaben stellt.

++++++

Geisterpost

Verlag Books on Demand GmbH
Taschenbuch: ISBN 978- 3744823241
auch als E-Book erhältlich

Eine spannende Geschichte aus den fünfziger Jahren, zur Zeit der wirtschaftlichen Angliederung des Saarlandes an Frankreich.

Eine Frau in den mittleren Jahren kann nach dem Tod ihres Mannes von der kleinen Witwenrente alleine nicht leben. Seine Lebensversicherung, die er zu ihren Gunsten abgeschlossen hatte, wurde ein paar Jahre vor seinem Tod gekündigt, doch das ausgezahlte Geld ist spurlos verschwunden. Sie nimmt daher eine Arbeit in einem Waisenhaus an und schließt dort ein kleines Mädchen in ihr Herz. Doch haben ihre Bemühungen, das Kind bei sich zu Hause aufnehmen, auch Erfolg?

Auf unerklärliche Weise tauchen nach einiger Zeit Briefe ihres verstorbenen Mannes auf, in denen er ihr ein dunkles Geheimnis verrät. Die Briefe sind echt und wurden erst nach seinem Tod verfasst, aber kann der Geist eines Verstorbenen tatsächlich noch Briefe schreiben? Entsprechen seine Angaben auch der Wahrheit und von wem wurde ihr die Post übermittelt? Viele Fragen, auf die sie verzweifelt eine Antwort zu finden versucht.

++++++

Verlag Books on Demand GmbH
Taschenbuch ISBN: 978-3750409217
auch als E-Book erhältlich

Die Autoren zeichnen in dieser hochwertigen Hardcover-Ausgabe ein Portrait ihrer Heimatstadt Neunkirchen mit allen zehn Stadtteilen. Mit fast 100 Farbfotos in brillanter Auflösung auf hochwertigem Fotopapier, Geschichten, Gedichten und Erinnerungen ist ein in dieser Form einzigartiges Gesamtbild der ehemaligen Hüttenstadt entstanden.

"Neunkirchen - Ansichten, Geschichten, Erinnerungen" bietet nicht nur Interessantes als Bildband und Reiseführer, sondern enthält auch eine Auswahl von heiteren und besinnlichen Geschichten und Gedichten mit Bezug zur Stadt.

100 Jahre und kein Ende
ein Rückblick auf städtische und
weltgeschichtliche Ereignisse zum
hundertjährigen Jubiläum der
Stadt Neunkirchen

Verlag Books on Demand GmbH
Taschenbuch: ISBN 978- 3756222476
auch als E-Book erhältlich

100 Jahre Stadtgeschichte Neunkirchen, eingebettet in 100 Jahre Weltgeschichte, beinhaltet dieses Buch. Übersichtlich nach Jahrzehnten gegliedert vermittelt es, mit kurzen Hinweisen auf besondere und bewegende Ereignisse diesseits und jenseits der Stadtgrenzen, nicht nur einen zeitgeschichtlichen Überblick, sondern lässt auch Platz für nostalgische Erinnerungen in Bildern und Texten.

Raimund Eich
STUMM-DENK-MAL

Illustrationen
Anne Linnenbach & Maria Luise Schneider

Verlag Books on Demand GmbH
Taschenbuch: ISBN 978-3848217854
auch als E-Book erhältlich

Eine globale Wirtschaftskrise irgendwann in der Zukunft, von der auch die Stadt Neunkirchen betroffen ist. Bei einem nächtlichen Spaziergang, in Gedanken nach einer rettenden Lösung für seine Stadt versunken, fällt der Oberbürgermeister vor dem Stummdenkmal auf die Knie und fleht den Freiherrn Karl-Ferdinand von Stumm in seiner Verzweiflung um Hilfe an. Damit erweckt er den ehemaligen Stahlbaron auf wundersame Weise zu neuem Leben.

Verlag Books on Demand GmbH
Taschenbuch: ISBN 978- 3754371916
auch als E-Book erhältlich

Viele Jahrzehnte lagen sie völlig vergessen in
einem Schrank, Briefe und Fotos aus den Welt-
kriegen und der Nachkriegszeit, bewegend und
erschütternd zugleich. Nur per Zufall hat sie der
Autor bei einer Aufräumaktion entdeckt. Briefe
seines Großvaters und seiner Eltern, in denen die
ganze Abscheulichkeit und Grausamkeit dieser
historischen Ereignisse am Beispiel persönlicher
Schicksale zum Ausdruck kommen. Dokumente,
die unter die Haut gehen und daher als Mahnmale
vor jeder Art von kriegerischer Auseinandersetzung auch der Öffentlichkeit zugänglich gemacht
werden sollen.